एक ऐलानिया मौत का क़िस्सा

गाब्रिएल गार्सीया मार्केस

अनुवाद
मनीषा तनेजा

राजकमल पेपरबैक्स

मूल स्पैनिश कृति *Crónica de una muerte anunciada*
(Chronicle of a Death Foretold) का अनुवाद

राजकमल पेपरबैक्स में
पहला संस्करण : 2024

राजकमल पेपरबैक्स : उत्कृष्ट साहित्य के जनसुलभ संस्करण

राजकमल प्रकाशन प्रा. लि.
1-बी, नेताजी सुभाष मार्ग, दरियागंज
नई दिल्ली-110 002
द्वारा प्रकाशित

शाखाएँ : अशोक राजपथ, साइंस कॉलेज के सामने, पटना-800 006
पहली मंजिल, दरबारी बिल्डिंग, महात्मा गांधी मार्ग, प्रयागराज-211 001
1, अनमोल सोराबजी सन्तुक लेन, धोबी तलाव, मरीन लाइंस, मुम्बई-400 002
वेबसाइट : www.rajkamalprakashan.com
ई-मेल : info@rajkamalprakashan.com

विकास कम्प्यूटर एंड प्रिंटर्स
ट्रॉनिका सिटी-201 102
द्वारा मुद्रित

मूल्य : ₹199

EK ELANIYA MAUT KA QISSA
Novel by Gabriel García Márquez
Translated by Maneesha Taneja

ISBN : 978-93-6086-362-3

गाब्रिएल गार्सीया मार्केस

गाब्रिएल गार्सीया मार्केस (1927-2014) स्पैनिश भाषा के ऐसे रचनाकार थे जिनके लेखन ने समूची दुनिया के साहित्य को प्रभावित किया। उनके उपन्यास 'एकाकीपन के सौ वर्ष' को बीसवीं सदी की सबसे महत्त्वपूर्ण कृतियों में शुमार किया जाता है। 1982 में साहित्य के 'नोबेल पुरस्कार' से सम्मानित मार्केस की अन्य चर्चित कृतियाँ हैं—'नो वन राइट्स टु द कर्नल', 'दि ऑटम ऑफ़ द पैट्रियार्क', 'क्रॉनिकल ऑफ़ ए डेथ फ़ोरटोल्ड', 'लव इन द टाइम ऑफ़ कॉलेरा'।

मनीषा तनेजा

मनीषा तनेजा जवाहरलाल नेहरू विश्वविद्यालय से पी-एच.डी. करने के बाद दिल्ली विश्वविद्यालय में स्पैनिश भाषा और साहित्य पढ़ाती हैं। उन्होंने अंग्रेज़ी, हिन्दी और स्पैनिश में कई कृतियों का अनुवाद किया है जिनमें नोबेल पुरस्कार विजेता पाब्लो नेरूदा के संस्मरण 'हाँ, मैंने ज़िन्दगी जी है' और नादीन गॉर्डिमर का कहानी-संग्रह 'छलाँग' शामिल हैं। उन्होंने तुर्की लेखक हकान गुंडे, स्पैनिश लेखिका मेर्से रूदोरेदा की कृतियों का अनुवाद भी किया है। अमिताभ घोष के उपन्यास 'गन आइलैंड' का 'बन्दूक द्वीप' शीर्षक से किया गया उनका अनुवाद बहुचर्चित रहा है।

ई-मेल : maneesha.taneja@gmail.com

प्यार की तलाश अभिमानी बाज़ है

—गिल विसेंट

अनुवादक के शब्द

जो मुझे क़रीब से जानते हैं उन्हें मालूम है कि मैं क्राइम फ़िक्शन पढ़ने और देखने की दीवानी हूँ। मार्केस के उपन्यास 'एक ऐलानिया मौत का क़िस्सा' (क्रॉनिकल ऑफ़ ए डेथ फोरटोल्ड) का अनुवाद करने का मौक़ा मेरे जीवन के सबसे पुरस्कृत क्षणों में से एक था। मैंने कई सालों तक इन्तज़ार किया है, और अब जाकर यह सपना पूरा हुआ। 'एकाकीपन के सौ वर्ष' का अनुवाद करने के बाद यह एक ऐसा उपन्यास था, जिसका मैं वास्तव में अनुवाद करना चाहती थी। कारमेन बालसेल लिटरेरी एजेंसी की लॉरा पालोमारेस और राजकमल प्रकाशन के अशोक महेश्वरी को मैं शुक्रिया कहना चाहूँगी, जिन्होंने मुझे यह मौक़ा दिया।

'एक ऐलानिया मौत का क़िस्सा' एक क्राइम स्टोरी है। लेकिन उपन्यास की पहली पंक्ति से ही हमें क़ातिल का पता चल जाता है और ख़ून भी हो जाता है। यह एक स्वप्निल जासूसी कहानी है, जो इस सवाल का जवाब खोजती है कि 'क्यों' और 'कैसे' दो युवाओं ने एक क्रूर हत्या की, जिसे वे नहीं करना चाहते थे। एक मनोवैज्ञानिक थ्रिल : आंखेला विकारियो अपनी वर्जिनिटी खोने के लिए एक ऐसे व्यक्ति को दोषी क्यों

ठहराती है, जो अपने छोटे से शहर में हर किसी को निर्दोष लगता है? यह कहानी हमें अपने केन्द्रीय रहस्य से चिढ़ाती है : क्यों आंखेला विकारियो सान्तियागो नासार को फँसाती है; हम जानना चाहते हैं कि क्यों जुड़वाँ भाइयों के इरादे से वाक़िफ़ पूरा शहर सान्तियागो नासार की हत्या को रोकने में असमर्थ साबित होता है?

'एक ऐलानिया मौत का क़िस्सा' में मार्केस के व्यक्तित्व का पत्रकार पक्ष न केवल कथा को प्रभावित करता है, बल्कि इसे प्रेरित करता है, साथ ही कथाकार को भी। जिस ऑनर किलिंग की घटना पर मार्केस की यह कहानी थी, वह मार्केस के लिखने से तीन दशक पहले हुई थी (वह इस घटना को उसी समय 'क़लमबद्ध' करना चाहते थे, लेकिन उनकी माँ ने रोक दिया था)। उन तीस वर्षों में, मार्केस को हत्या पर विचार करने के लिए पर्याप्त समय मिला, और उन्होंने शायद तब क्राइम रिपोर्टर के तौर पर रिपोर्ट में जो लिखा होता, तीस साल बाद 'सामूहिक ज़िम्मेदारी के साहित्यिक विषय' पर एक उपन्यास के रूप में सामने आया। इस प्रकार, उपन्यास के विषय में रुचि पहले पत्रकार मार्केस को थी, और बाद में लेखक मार्केस को।

पत्रकारिता में 'क्रॉनिकल (कालक्रमबद्ध लेखन)' की शैली मार्केस की पसन्दीदा थी। लैटिन अमेरिकी कथा साहित्य के जाने-माने आलोचक जेराल्ड मार्टिन के मुताबिक़ उन्होंने बोगोता में 'एल एस्पेक्तादोर' और मैड्रिड में 'एल पाईस' में जो लिखा वो क्रॉनिकल्स यानी इतिवृत्त ही थे। यहाँ तक कि इस अवधि के दौरान उन्होंने जो कुछ भी लिखा जेराल्ड मार्टिन ने उसे 'संस्मरण', 'एक प्रकार की सार्वजनिक डायरी' और 'खंडित आत्मकथा' के रूप में सन्दर्भित किया है। इसी सन्दर्भ में 'एक ऐलानिया मौत का क़िस्सा', मार्टिन के इन सभी विवरणों पर काफ़ी सटीक रूप से फिट बैठता है।

उपन्यास में ऑनर किलिंग के विषय को विशेष रूप से पत्रकारिता का रूप दिया गया है : सभी पूर्व-आवश्यकताओं का उत्तर शुरुआत में ही लगभग सही दिया जाता है। क्या होने वाला था? सान्तियागो नासार 'मारा जाने वाला' था। क्यों? क्योंकि आंखेला विकारियो ने उसे अपने अपराधी के रूप में नामित किया था। कब? आंखेला के वापस आने की अगली सुबह। कैसे? विकारियो बंधु उसे मारने के लिए चाकू का उपयोग करेंगे।

एक अच्छे पत्रकार की तरह, मार्केस इस जानकारी को सीधे तरीक़े से प्रस्तुत करते हैं। लेकिन कथा में अद्वितीय मोड़ और समस्याओं को मार्केस ने अपने ख़ास अन्दाज़ में जादुई यथार्थवाद के ज़रिये पेश किया है : गति और मतिभ्रम, खंडित वास्तविकताएँ, चीज़ों की आंशिक झलक, घटनाओं को देखना लेकिन समझना नहीं, अर्थ और संकेतों का कन्फ़्यूजन तथा विश्वास का खो जाना, इन सब चीजों में जादुई यथार्थवाद है। उत्तर-औपनिवेशिक और उत्तर-आधुनिक संवेदनाएँ हैं, जो उपन्यास के अनाम लैटिन अमेरिकी शहर की वास्तविकता में जादू घोल देती हैं, जहाँ सान्तियागो नासार एक विरोधाभासी, अनियोजित विवाद में मारा जाता है।

उपन्यास में सारा शहर जानता है कि सान्तियागो नासार मारा जाने वाला है, लेकिन कोई भी इस होनी को टाल नहीं पाता। कोलम्बियाई समाज के विवेकरक्षक के रूप में मार्केस ने सन्देह के लिए कोई जगह नहीं छोड़ी कि हत्या को रोका नहीं गया था क्योंकि वास्तव में या तो पूरा शहर यही चाहता था या फिर उसे एतराज़ नहीं था। पाब्लो और पेद्रो को भी एक बुनियादी मध्ययुगीन, पितृसत्तात्मक, रूढ़िवादी सामाजिक व्यवस्था के पीड़ित मोहरों की तरह पेश किया गया है। उन्हें अपने ही दोस्त से अपना सम्मान वापस छीनने के लिए उसका ख़ून बहाने की आवश्यकता थी, हालाँकि कभी साफ़ नहीं होता कि उसने यह सम्मान छीना भी था या नहीं।

उपन्यास में बहुत सारी आनुषंगिक बातें हैं, लेकिन पाठक बह जाते हैं, और वास्तव में हम जो कुछ भी पढ़ते हैं, वह मनोरंजक लगता है क्योंकि मार्केस की आकर्षक पत्रकारिता विवरण प्रदान करने में निपुण है। मार्केस खुद स्वीकार करते हैं, "यह पत्रकारिता की एक शैली है जिसे आप साहित्य पर भी लागू कर सकते हैं।" उदाहरण के लिए, यदि आप कहते हैं कि आकाश में हाथी उड़ रहे हैं तो लोग आप पर विश्वास नहीं करेंगे। लेकिन अगर आप कहें कि आसमान में चार सौ पच्चीस हाथी उड़ रहे हैं तो शायद लोग आप पर विश्वास कर लें। उनकी पत्रकारिता में "सब कुछ पूरी तरह से सच और वास्तविक लेकिन विलक्षण लगता है," जैसा कि 'एकाकीपन के सौ वर्ष' में देखने को मिलता है। आकस्मिक विवरण के इस अत्यधिक महत्त्व के कारण भी कथा में अस्पष्टता, पूर्वाभास और अनिश्चितता बनी रहती है, जो पहले वाक्य से ही शुरू होती है, "जिस दिन वे उसका कत्ल करने वाले थे उस दिन सान्तियागो नासार बिशप की नाव का इन्तज़ार करने के लिए सुबह पाँच बजे उठा था।"

शब्दों का सावधानीपूर्वक किया गया चयन कार्रवाई पर जोर देता है ("वे उसका कत्ल करने वाले थे"), जिसका विवरण कथाकार देता है, बजाय अन्त में पूरे शहर द्वारा देखी गई क्रूर हत्या के। स्मरण और भयानक पूर्वाभास का ऐसा ही आभास 'एकाकीपन के सौ वर्ष' की शुरुआती पंक्ति में पाया जाता है, "कई साल बाद, गोलीमार दस्ते के सामने खड़े हुए कर्नल आउरेलिआनो बुएनदिया को वह दोपहर याद आ रही थी जब उसके पिता उसे बर्फ़ दिखाने ले गए थे।"

इस उपन्यास की कथा में दो अस्थायी समय रेखाएँ हैं। एक तरफ़ है हत्या तक की घटनाओं का विवरण और दूसरी तरफ़, उनका पुनर्निर्माण, या 'वृत्तान्त'। उपन्यास को जो बात मनोरंजक बनाती है, वह है इन दो कथा संरचनाओं का बारी-बारी से आना। यहाँ लेखक-कथाकार और

पत्रकार-कथाकार (जो कथा का दस्तावेज़ीकरण कर रहे हैं) की समानान्तर आवाज़ें भी सान्तियागो नासार की मौत की दंतकथा को याद करने के लिए एक साथ आती हैं। सच्चाई और रहस्य एक हो जाते हैं और मार्केस के विश्वास को मज़बूत करने के लिए एकीकृत हो जाते हैं कि "जीवन अकथनीय ताक़तों और तर्कहीन कृत्यों द्वारा निर्धारित किया जाता है," भले ही कथाकार के तर्कसंगत स्पष्टीकरण के प्रयास कम हो जाते हैं। कथाकार का कहना है कि "मेरी व्यक्तिगत धारणा यह है कि सान्तियागो अपनी मृत्यु को समझे बिना ही मर गया," जो 'एल दिया' पत्रिका द्वारा प्रकाशित घटना की 1951 की समाचार रिपोर्ट को प्रतिध्वनित करता है। उपन्यास में पत्रकार-साहित्यकार की जटिलता तथ्य/कथा, रहस्य/सत्य, शर्म/इज़्ज़त उत्तर आधुनिकतावादी के स्तर पर कार्य करती है: यह सब क्रॉनिकल बनाने में तब मदद करते हैं जब कहानी का कोई आधिकारिक संस्करण वास्तव में मौजूद नहीं होता। हालाँकि, कथाकार-पत्रकार में सन्निहित मार्केस पाब्लो और पेद्रो विकारियो (और सान्तियागो नासार) के दोस्त भी हैं। इसलिए, कथा पत्रकारिता नहीं बनती और कथाकार व्यक्तिगत अनुभवों के चलते आंखेला के कलंक और सान्तियागो की मृत्यु की परिस्थितियों को पाठक के लिए अधिक अभिज्ञेय बना देता है।

यहाँ तक कि जिन पात्रों का सान्तियागो या आंखेला से कोई लेना-देना नहीं है, वे भी उसकी हत्या के हिस्सेदार हैं। पाब्लो विकारियो की मंगेतर, प्रूदेंसिया कोतेस कहती है, "मैं उससे [पाब्लो] कभी शादी नहीं करती अगर उसने वह नहीं किया होता जो एक आदमी को करना चाहिए। यहाँ तक कि उसकी सास भी इस बात से सहमत थी कि 'इज़्ज़त इन्तज़ार नहीं कर सकती'। क्या सान्तियागो की अपनी माँ का उस पर दरवाज़ा बंद करना उस समाज के लोकाचार को साझा करने का प्रतीक हो सकता है, जिसने हत्या को सक्षम किया? शायद!

मार्केस अपने समय के कोलम्बिया की राजनीतिक और सामाजिक वास्तविकताओं में अपनी पत्रकारिता (और कथा) को आधारित करते हैं, और इस उपन्यास के महत्त्व को समझने के लिए उनकी पत्रकारिता सम्बन्धी चिन्ताओं के महत्त्व को समझना अनिवार्य है। सुक्रे में हुई ऑनर किलिंग की यह घटना लैटिन अमेरिकी इतिहास में अन्य ऑनर किलिंग सरीखे अपराधों से अलग है, क्योंकि मार्केस ने इसे शानदार काल्पनिक/ साहित्यिक रूप प्रदान किया है।

'एक ऐलानिया मौत का क़िस्सा' लिखने में मार्केस 'क्रॉनिकल' की शैली को दोबारा परिभाषित करते हैं। यह कालानुक्रमिक नहीं है, लेकिन यह स्पष्ट रूप से मार्केस की शैली है, जो कल्पना और जादू से भरी हुई है। एक इंटरव्यू में उपन्यास और पत्रकारिता के अन्तर पर मार्केस ने कहा था, "मुझे नहीं लगता कि कोई अन्तर है। स्रोत एक ही है, सामग्री एक ही है, संसाधन और भाषा, सभी समान हैं।" इस उपन्यास में इसी बात को साबित करने की वे कोशिश करते हैं।

आमतौर पर माना जाता है कि अनुवादक जितना कम दिखाई देता है, अनुवाद उतना ही बेहतर और अधिक 'धाराप्रवाह' होता है। इसलिए, कोई आश्चर्य की बात नहीं है कि साहित्यिक अनुवादों के पाठक अक्सर मान लेते हैं कि वे विदेशी लेखकों को पढ़ रहे हैं तो उसमें अनुवादक की कोई भूमिका नहीं है। उन्हें यह अहसास ही नहीं होता है कि वास्तव में वे एक अनुवादक द्वारा किसी लेखक की व्याख्या पढ़ रहे हैं; एक लेखन, जिसे पूरी तरह से अलग संस्कृति में उतारा गया है, और कभी-कभी तो अलग दौर में भी।

अनुवादक ही है, जिसकी वजह से विदेशी भाषा समुदायों को किसी लेखक की रचना पहुँचती है। फिर भी, जब भी कोई अनुवादक किसी साहित्यिक कृति को किसी विदेशी भाषा में प्रस्तुत करता है तो यह उस

कृति का मात्र 'एक' अनुवाद होगा। कई सम्भावनाओं में से एक सम्भावना, जो अनुवादक द्वारा चुने गए भाषायी विकल्प, अनुवाद रणनीतियों और अनुवादक के व्यक्तित्व से निर्धारित होता है। दुर्भाग्य से, अनुवादक की इस शाब्दिक उपस्थिति को अक्सर अनदेखा किया जाता है; अक्सर अनुवादित साहित्यिक कार्य में 'लेखक की शैली' की सराहना होती है और अनुवादक की मेहनत नज़रअन्दाज़ हो जाती है।

एक साहित्यिक पाठ के अनुवाद में न केवल भाषा का ज्ञान ज़रूरी है, बल्कि दो अलग-अलग संस्कृतियों को एक साथ लाना भी ज़रूरी है। जब भी अनुवादकों को दो संस्कृतियों के बीच की खाई को पाटने के लिए किसी समस्या का सामना करना पड़ता है तो उन्हें अपने समस्या-समाधान कौशल का उपयोग करना चाहिए। जर्मन दार्शनिक श्लेयरमाकर ने कहा था कि "केवल दो सम्भावनाएँ हैं : या तो अनुवादक लेखक को यथासम्भव शान्ति से छोड़ देता है और पाठक को उसकी ओर ले जाता है; या वह पाठक को यथासम्भव शान्ति में छोड़ देता है और लेखक को उसकी ओर ले जाता है।" यह बुनियादी विकल्प अमेरिकी अनुवाद सिद्धान्तकार लॉरेंस वेनूती की 'विदेशीकरण' और 'वर्चस्व' की धारणाओं के लिए शुरुआती बिन्दु था—हालाँकि, वेनूती का तर्क है कि विपक्षी द्विपथ होने के बजाय, ये दो रणनीतियाँ वास्तव में निरन्तरता के दो छोर हैं। एक या दूसरे को चुनना "लक्ष्य संस्कृति के दृष्टिकोण से पाठ की अन्यता या परिचितता पर जोर दे सकता है।" दूसरे शब्दों में, अनुवादक 'पर्याप्तता' और 'दृश्यता' की डिग्री के आधार पर रणनीति तय करता है।

हर भाषा में कथन का अपना विशिष्ट तरीक़ा होता है, इसलिए हिन्दी में कहानी कहना कोलम्बियाई, स्पैनिश या मार्केस की व्यक्तिगत शैली में कहने के समान नहीं है। एक अनुवादक का काम हर शब्द का अनुवाद करना नहीं है : यह दोनों भाषाओं के प्रति अन्याय और कृति के मूल्यह्रास

का काम होगा। यह एक दोहरी चुनौती है : दोनों भाषाओं का सम्मान करने की कोशिश करना, उनमें से किसी को भी नीचा दिखाए बिना और उनकी संचार समृद्धि पर जोर दिये बिना। अगर मैंने अपना काम अच्छी तरह से किया है तो मार्केस के मूल लेखन के प्रति वफ़ादारी दिखाते हुए कहानी में कहीं न कहीं 'हिन्दी' की आत्मा ज़रूर महसूस होगी। अनुवाद के ज़रिये संस्कृतियों के बीच अन्तर्निहित बातचीत की जटिलताएँ स्पष्ट होती हैं और साथ ही, 'प्रेषक' की व्यक्तिगत शैली तथा दार्शनिक और नैतिक विचार भी। अनुवादक का धर्म है विदेशी सांस्कृतिक और भाषायी विशेषताओं के आत्मसात को रोकना। इसमें मैं कितनी सफल या असफल रही इसका फ़ैसला मैं आप पर छोड़ती हूँ, प्रिय पाठक।

अन्त में, मैं शुक्रिया कहना चाहूँगी अपने परिवार और अपने दोस्तों का; जिन्होंने ख़राब मूड, कटकर रहना और ग़ायब हो जाना, सब बर्दाश्त किया। विनोद तनेजा, दीपाली तनेजा, सुवीश, आनन्द और अमन, सुकान्ती, पूर्णिमा, जया, विजया, स्मिता, गीताश्री, विन्नी, विनोद तथा साक्षी ऐसे लोग हैं, जो हमेशा साथ देते रहे हैं। आप सभी का शुक्रिया। पोको लोको उर्फ़ मोगू, टूटू और बिल्लो का ख़ासतौर से उल्लेख बनता है, क्योंकि वे घर में प्यार भर देते हैं।

और अब अन्तिम, लेकिन सबसे अहम, वह इनसान जो मुझे हर सपना पूरा करने के लिए प्रेरित करता है, शुक्रिया आशुतोष।

2023 **—मनीषा तनेजा**

एक ऐलानिया मौत का क़िस्सा

जिस दिन उसका क़त्ल होना था, उस दिन सान्तियागो नासार बिशप की नाव का इन्तज़ार करने के लिए सुबह पाँच बजे उठा था। रात को उसने एक सपना देखा था जिसमें वह इमारती वृक्षों के बाग़ से गुजर रहा था; हल्की बूँदाबाँदी हो रही थी और पल-भर के लिए सपने में ख़ुशी से चहक उठा था। लेकिन जब वह उठा तो उसे ऐसा लगा मानो चिड़िया की बीट उस पर छितरी हुई है। "उसे हमेशा पेड़ों के सपने आते थे," उसकी माँ प्लासीदा लिनेरो ने सत्ताईस साल बाद उस अशुभ सोमवार को याद करते हुए मुझे बताया था, "एक हफ़्ते पहले उसने सपना देखा था कि वह बिना किसी चीज़ से टकराए टीन की पन्नी से बने जहाज़ में अकेला बादाम के पेड़ों के बीच उड़ रहा है।" दूसरों के सपनों की व्याख्या करने में उसकी माँ को काफ़ी महारत हासिल थी, बशर्ते वे सपने उसे ख़ाली पेट बताए जाएँ। लेकिन अपने बेटे के दोनों सपनों में उसने कुछ भी अशुभ घटने का संकेत नहीं देखा था और न ही मृत्यु से पहले देखे सपनों में दिखे पेड़ों जिनका ज़िक्र उसने माँ से किया था, ने ऐसा कोई संकेत दिया था।

सान्तियागो नासार को भी ऐसा कोई पूर्वाभास नहीं हुआ था। वह सिर्फ़ ठीक से सो नहीं पाया था। जो थोड़ी-बहुत नींद आई, वह भी उखड़ी हुई थी। उसने रात को कपड़े भी नहीं बदले थे और जब वह सोकर उठा तो उसका सिर दुख रहा था तथा मुँह का स्वाद कसैला हो रहा था मानो ताँबे के रकाब चबाए हों। उसके मुताबिक़ उसके मुँह का कसैला स्वाद देर रात तक चलने वाली पार्टी की वजह से था। यहाँ तक कि छह बजकर पाँच मिनट पर घर से निकलने के समय से लेकर एक घंटे बाद तक, जब उसे सूअर की तरह हलाल किया गया, वह जितने लोगों से मिला, सब का कहना था कि वह कुछ उनींदा-सा था, लेकिन उसका मूड अच्छा था। उसने सबसे अलग-अलग ढंग से कहा था कि दिन सुहाना है। लेकिन किसी को यह यक़ीन नहीं हुआ था कि वह वाक़ई मौसम की बात कर रहा था। कई लोगों को याद था कि वाक़ई में वो सुबह सुहानी थी। केले के बग़ीचे से समुद्री हवा बह रही थी जैसाकि फ़रवरी के महीने में होना चाहिए। लेकिन ज़्यादातर लोगों का मानना था कि मौसम में मातम-सा था, घने बादल थे और ठहरे हुए पानी की महक हवा में छाई हुई थी। दुर्भाग्य के उस पल में पानी की फुहार पड़ रही थी, ठीक वैसी ही, जैसी सान्तियागो नासार ने अपने सपने में बग़ीचे में देखी थी। मैं मारिया अलेखनद्रीना सेरवांतेस की दिव्य गोद में रात की पार्टी के हैंगओवर से उबर ही रहा था कि अलार्म में बजती घंटियों की आवाज़ से उठ बैठा, यह सोचकर कि घंटियाँ बिशप के आगमन के लिए बजाई जा रही होंगी।

सान्तियागो नासार ने बिना कलफ़ लगी सफ़ेद रंग की लिनेन के कपड़े की कमीज़ और पैंट पहनी हुई थी; ठीक वैसी जैसी उसने पिछले दिन शादी के लिए पहनी थी। यह उसके ख़ास मौक़ों पर पहनने वाले कपड़े थे। अगर आज बिशप नहीं आ रहे होते तो वह अपने ख़ाकी कपड़े

और घुड़सवारी वाले जूते पहनता, जो वह हर सोमवार को अपने पिता से विरासत में मिले पशु फार्म (डिवाइन फ़ेस) जाने के लिए पहनता था। वह फार्म का प्रबन्धन काफ़ी कुशलता से करता था। पर क़िस्मत साथ नहीं देती थी। फार्म पर वह अपनी बेल्ट में मैग्नम .357 बन्दूक़ खोसे रखता था और उसके मुताबिक़ उसकी बख़्तरबन्द गोलियाँ किसी भी घोड़े के दो टुकड़े कर सकती थीं। तीतर के मौसम में वह बाज पालने और लड़ाने का साज़ो-सामान तैयार रखता था। अलमारी में वह हमेशा एक मालींचर शोनौएर 30.06 राइफ़ल, एक हॉलैंड मैग्नम 300 राइफ़ल, दुगनी ताक़त वाली एक दूरबीन होर्नेट .22 और एक विंचेस्टर रिपीटर रखता था। वह अपने पिता की तरह सोता था, तकिये के गिलाफ़ में अपनी बन्दूक़ छिपाकर। लेकिन उस दिन घर से निकलने से पहले उसने बन्दूक़ से गोलियाँ निकालीं और पलंग के बग़ल में रखी मेज़ की दराज़ में डाल दीं। "वह कभी भी बन्दूक़ भरी हुई नहीं छोड़ता था," उसकी माँ ने मुझे बताया। मैं इस बात से भली-भाँति परिचित था और मुझे यह भी पता था कि वह बन्दूक़ और गोलियाँ एक-दूसरे से दूर रखता था ताकि ग़लती से या फिर मज़ाक़ में भी किसी को बन्दूक़ में घर के अन्दर गोलियाँ डालने की ना सूझे। उसके पिता ने यह नियम तब बनाया था जब एक सुबह नौकरानी ने तकिया झाड़ा था और बन्दूक़ नीचे गिर गई थी; झटके से चली बन्दूक़ से गोली निकलकर कमरे की अलमारी को चीरते हुए, बैठक की दीवार से होती हुई, बग़ल के घर के डाइनिंग रूम की दीवार से निकली थी और सड़क के दूसरी तरफ़ स्थित चर्च में रखी मूर्ति को मिट्टी में बदल दिया था। सान्तियागो नासार उस समय बच्चा था लेकिन उस घटना की सीख वह कभी भूला नहीं था।

उसकी माँ को कमरे से निकलने के वक़्त की उसकी आख़िरी छवि याद थी। वह अँधेरे में, बाथरूम की अलमारी में एस्प्रिन की गोली ढूँढ़

रहा था। जब माँ ने बत्ती जलाई तो हाथ में पानी का गिलास लिये वह दरवाज़े पर खड़ा दिखा। वह अपने बेटे को हमेशा वैसे ही याद रखेगी। सान्तियागो नासार ने उसे अपने सपने के बारे में बताया था लेकिन उसकी माँ ने पेड़ों की तरफ़ ध्यान नहीं दिया।

"चिड़ियोंवाले किसी भी सपने का मतलब होता है अच्छी सेहत," उसने कहा।

जब मैं यादों के काँच के बिखरे टुकड़ों को जोड़कर आईना बनाने की कोशिश में इस विस्मृत गाँव में लौटा तो बुढ़ापे की ढलती रोशनी में सान्तियागो नासार की माँ को उस झूले पर, उसी तरह पाया जिस तरह इतने साल पहले उसने लेटकर अपने बेटे को आख़िरी बार देखा था। अब उसे रोशनी में भी बमुश्किल दिखता था और चिरकालिक सिरदर्द के इलाज के लिए उसने कनपटी पर कुछ पत्ते रखे हुए थे, जो उसके बेटे ने आख़िरी बार उस कमरे से जाते हुए उसके लिए छोड़े थे। झूले में एक तरफ़ लेटी, वह सिर के ऊपर वाली रस्सी को पकड़कर उठने की कोशिश कर रही थी और उस धूप-छाँव में उसी बैप्टिस्ट्री (स्नान-घर) जैसी महक आ रही थी, जिसने मुझे अपराध की सुबह चौंका दिया था।

मैं चौखट पर पहुँचा ही था कि वह मुझे सान्तियागो नासार समझ बैठी। उसने मुझे बताया, "वह वहाँ खड़ा था और सिर्फ़ पानी से धोये गए सफ़ेद लिनेन के कपड़े पहने हुए था क्योंकि उसकी त्वचा इतनी नाज़ुक थी कि कलफ़ की रगड़ तक बर्दाश्त नहीं कर सकती थी।" वह बहुत देर तक झूले में बैठी तब तक हालिम के बीज चबाती रही जब तक अपने बेटे के लौटने का उसका भ्रम ख़त्म नहीं हो गया। फिर गहरी साँस ली—"मेरी ज़िन्दगी में वही तो एकमात्र आदमी था।"

मैंने सान्तियागो नासार को उसकी माँ की स्मृति में देखा। वह पिछली जनवरी के आख़िरी सप्ताह में इक्कीस साल का हुआ था और दुबला-पतला,

तथा कमज़ोर था। उसकी पलकें अपने पिता की तरह अरब लोगों जैसी और बाल घुँघराले थे। वह उनकी उस शादी से पैदा हुआ था, जो बस एक समझौता थी जिसमें उन्हें पल-भर के लिए भी ख़ुशी नसीब नहीं हुई थी। तीन साल पहले, अपने पिता की अचानक हुई मौत तक वह उनके साथ ख़ुश लगता था और उसके बाद सोमवार यानी अपनी मौत के दिन तक भी वह अपनी माँ के साथ ख़ुश था। अपनी माँ से उसने सहज ज्ञान पाया था और अपने पिता से उसने बहुत कम उम्र में हथियार चलाना, घोड़ों को प्यार करना और ऊँचा उड़नेवाले शिकारी पक्षियों पर क़ाबू पाना सीख लिया था, उनसे उसने बहादुरी और विवेक भी पाया था। आपस में वे दोनों अरबी में बात करते थे, लेकिन प्लासीदा लिनेरो के सामने नहीं ताकि उसे बुरा ना लगे। शहर में वे कभी भी अपनी बन्दूक़ों के साथ नहीं दिखे और अपने प्रशिक्षित किये पक्षी सिर्फ़ एक बार घर लाए थे, वह भी चैरिटी के लिए आयोजित एक मेले में प्रदर्शन की ख़ातिर। पिता की मौत के चलते उसे हाई स्कूल में ही पढ़ाई छोड़नी पड़ी ताकि फार्म सँभाल सके। सान्तियागो नासार का स्वभाव शान्त था, वह ख़ुश रहता था और बड़े दिलवाला था।

जिस दिन सान्तियागो नासार की हत्या होनी थी उसे सफ़ेद कपड़ों में देखकर उसकी माँ को लगा था कि उसे दिन की ग़लतफ़हमी हो गई है। "मैंने उसे याद दिलाया कि आज सोमवार है," उन्होंने मुझे बताया। लेकिन सान्तियागो नासार ने उसे कहा कि उसने वह कपड़े इस उम्मीद से पहने हैं कि हो सकता है उसे बिशप की अँगूठी चूमने का मौक़ा मिल जाए। उसकी माँ ने इस बात में कोई दिलचस्पी नहीं दिखाई। "वह नाव से भी नहीं उतरेंगे," उसने सान्तियागो नासार से कहा था। "वह हमेशा की तरह औपचारिक आशीर्वाद देकर उसी रास्ते लौट जाएँगे। उन्हें तो इस शहर से नफ़रत है।"

सान्तियागो नासार जानता था कि यह सच है लेकिन चर्च की शानोशौकत से उसे अजीब-सा आकर्षण था। "सिनेमा की तरह," उसने मुझे एक बार कहा था। बिशप के आने में उसकी माँ को एक ही चीज़ से मतलब था कि उसका बेटा बारिश में भीग ना जाए क्योंकि रात को उसे छींकते हुए सुना था। उसने अपने बेटे को छाता ले जाने की सलाह दी लेकिन वह हाथ हिलाता हुआ वहाँ से निकल गया। इसके बाद उसने अपने बेटे को कभी नहीं देखा।

खाना बनाने वाली विक्तोरिया गुज़मान को पूरा विश्वास था कि उस दिन या फ़रवरी के पूरे महीने बारिश नहीं हुई थी। "बल्कि," उसने उसकी मृत्यु से कुछ समय पहले जब मैं उसे मिलने गया तो कहा, "अगस्त की धूप से ज़्यादा तेज़ था सूरज।" सान्तियागो नासार जब रसोई में आया था तो वह हाँफते कुत्तों से घिरी हुई दोपहर के खाने के लिए तीन खरगोश काट रही थी। "सुबह उसका चेहरा हमेशा तनाव से भरा हुआ होता था—मानो रात बुरी कटी हो," उसने बिना किसी भाव के याद करते हुए कहा। जवानी की दहलीज़ पर खड़ी उसकी बेटी दिवीना फ्लोर ने हर सोमवार की तरह सान्तियागो नासार को गन्ने के रस के साथ बहुत सारी कॉफ़ी दी थी ताकि वह बीती रात की खुमारी उतार सके। आग की फुसफुसाहट और अपने दड़बों में सो रही मुर्गियोंवाले उस बड़े से रसोईघर में, मुश्किल से साँस ली जा रही थी। सान्तियागो नासार ने एस्प्रिन की एक गोली और गटकी, और कुछ सोचते हुए खरगोश की अन्तड़ी साफ़ करती दोनों महिलाओं को एकटक देखते हुए वह धीरे-धीरे कॉफ़ी पीने लगा। उम्र के बावजूद विक्तोरिया गुज़मान देखने में अभी भी आकर्षक लग रही थी। वह जवान लड़की अभी थोड़ी अल्हड़ थी और जवानी के ग़रूर में सराबोर लग रही थी। वह ख़ाली कप लेने आई तो सान्तियागो नासार ने उसकी कलाई पकड़ ली।

"तुम्हें पालतू बनाने का समय आ गया है," सान्तियागो नासार ने कहा।

विक्तोरिया गुज़मान ने ख़ून से सना चाकू उसकी तरफ़ बढ़ाया।

"उसे जाने दो सफ़ेद चमड़ी वाले," विक्तोरिया गुज़मान ने बहुत संजीदगी से कहा। "जब तक मैं ज़िन्दा हूँ, इस कुएँ का पानी तो तुम नहीं पी सकते।"

किशोरावस्था में इब्राहिम नासार ने उसकी खिलती जवानी को मसला था। फार्म के अस्तबल में सालों उन्होंने शारीरिक सम्बन्ध बनाए थे और जब इब्राहिम नासार का मन भर गया तो उसे घर की नौकरानी बनाकर ले आया था। दिवीना फ्लोर जो उसके पहले पति की बेटी थी, को अन्दाज़ा था कि सान्तियागो नासार की बुरी नज़र उस पर थी और विक्तोरिया गुज़मान इस बात से परेशान रहती थी। "वैसा आदमी दोबारा पैदा नहीं हुआ," उसने मुझसे कहा, मैं मोटी हो गई हूँ, मेरी उम्र ढल रही है और मैं दूसरे आदमियों से पैदा हुई औलादों से घिरी हुई हूँ। "वह बिलकुल अपने बाप जैसा था," विक्तोरिया गुज़मान ने कहा। "कूड़ा।" लेकिन वह भी डर से काँप गई, जब उसे यह याद आया कि कैसे सान्तियागो नासार को दहशत हुई थी जब उसने खरगोश की अँतड़ियाँ निकालकर कुत्तों को दी थीं।

"वहशी मत बनो। उन्हें भी इनसानों की तरह मानो।" सान्तियागो नासार ने विक्तोरिया गुज़मान से कहा था।

विक्तोरिया गुज़मान को पूरे बीस साल लग गए थे यह समझने में कि निस्सहाय जानवरों को मारने वाला आदमी भी काँप सकता था। उसने आश्चर्य से कहा, "सोचो! ऐसा भी हो सकता था।" लेकिन विक्तोरिया गुज़मान के अन्दर लम्बे समय से ग़ुस्सा भरा था और सिर्फ़ सान्तियागो नासार का नाश्ता खराब करने के लिए वह कुत्तों को खरगोश की अँतड़ियाँ खिलाती चली गई। वे लोग इसी सब में उलझे हुए थे जब पूरा शहर बिशप की नाव की कानफोड़ू सीटी से जाग उठा।

दो मंज़िला पुराने गोदाम को घर में तब्दील किया गया था जिसमें लकड़ी के खुरदुरे फट्टों की दीवारें थीं और टीन की चोटीदार छत पर किनारे के कूड़े पर नज़र रखे गिद्ध बैठे रहते थे। घर उस ज़माने में बना था जब नदी इस लायक थी कि समुद्र को जाने वाली नावें और यहाँ तक कि कुछ बड़े जहाज़ भी खाड़ी के दलदल से गुज़रकर यहाँ तक आ जाते थे। गृहयुद्ध के बाद, वहाँ आने वाले अरबों की आख़िरी टोली के साथ जब इब्राहिम नासार वहाँ आया था तब समुद्र को जाने वाले जहाज़ और नाव उस तट पर नहीं आते थे क्योंकि नदी ने अपना रुख़ बदल लिया था और यह गोदाम ख़ाली पड़ा था। इब्राहिम नासार ने आयातित सामान बेचने के मक़सद से दुकान शुरू करने के लिए सस्ते में गोदाम ख़रीदा था, जो वह कभी नहीं कर सका। जब शादी तय हो गई तब उसने उस गोदाम को रहने के लिए मकान में तब्दील कर दिया। नीचे एक बैठक थी और पीछे जानवरों के लिए अस्तबल, नौकरों के कमरे और एक बड़ा सा रसोईघर जिसकी खिड़कियाँ तट पर खुलती थीं और जिनसे पूरे दिन पानी अन्दर आता रहता था। बैठक में उसने एक ही चीज़ ज्यों की त्यों रखी और वह थी किसी पोत-भंग जहाज़ से निकाली गई घुमावदार सीढ़ी। ऊपर की मंज़िल पर जहाँ कस्टम के दफ़्तर हुआ करते थे, उसने दो बड़े कमरे बनाए और होने वाले बच्चों के लिए पाँच छोटे-छोटे दड़बे जैसे कमरे और चौक के बादाम के पेड़ों की ओर झाँकती बालकनी; जहाँ अपने अकेलेपन को कोसती प्लासीदा लिनेरो मार्च की दोपहर में बैठा करती थी। आगे की तरफ़ दरवाज़ा था तथा खराद से बनाई गई लकड़ी की पट्टियों से दो विशाल खिड़कियाँ बनाई गई थीं। उसने पीछे के दरवाज़े को भी नहीं हटाया था, बस उसे थोड़ा ऊँचा कर दिया था ताकि घोड़े आ-जा सकें। उसने पुराने खम्भे का एक हिस्सा भी इस्तेमाल में रख लिया था। अमूमन यही दरवाज़ा इस्तेमाल होता था, इसलिए नहीं कि यह अस्तबल और रसोईघर का सीधा

रास्ता था बल्कि इसलिए कि यह सड़क की ओर खुलता था, बिना चौक से गुज़रे, नये डॉक को जाने के लिए। त्योहार और उत्सव के अलावा सामने का दरवाज़ा हमेशा बन्द रहता था। लेकिन सान्तियागो नासार का क़त्ल करने वाले आदमी उसका इन्तज़ार सामने वाले दरवाज़े पर ही कर रहे थे। हालाँकि, उस दरवाज़े से निकलने का मतलब था डॉक तक जाने के लिए उसे घर का पूरा चक्कर काटना पड़ता, वह बिशप को मिलने उसी दरवाज़े से निकला।

यह घातक संयोग किसी की समझ में नहीं आया। रिओआचा से छानबीन करने आए जज को भी इसका अहसास ज़रूर हुआ होगा लेकिन वह कह नहीं पाया, क्योंकि उचित और तर्कसंगत व्याख्या देने की उसकी रुचि रिपोर्ट में साफ़ ज़ाहिर थी। चौक की तरफ़ वाले दरवाज़े का ज़िक्र कई बार हुआ था, किसी सस्ते उपन्यास के नाम सरीखा—'जानलेवा दरवाज़ा'। असल में, एक ही बात सही थी और वह बात कही थी प्लासीदा लिनेरो ने, जिसने एक माँ की समझ से कहा, "मेरा बेटा जब तैयार होता था तो पीछे के दरवाज़े से कभी नहीं जाता था।" सच इतना सरल था कि जज ने लिख तो दिया लेकिन रिपोर्ट में नहीं डाला।

उधर विक्तोरिया गुज़मान ने स्पष्ट रूप से कहा कि ना उसे और ना उसकी बेटी को पता था कि वे लोग सान्तियागो नासार का क़त्ल करने के लिए इन्तज़ार कर रहे थे। लेकिन बाद में उसने माना कि जब वह कॉफ़ी पीने के लिए रसोई में आया तो उन्हें यह जानकारी थी। सुबह पाँच बजे दूध माँगने आई महिला ने बताया था; साथ ही उसने वजह और जगह का भी खुलासा किया था। "मैंने उसे सचेत नहीं किया, क्योंकि मुझे लगा ऐसे ही शराब के नशे में वे लोग बकवास कर रहे थे," विक्तोरिया गुज़मान ने मुझसे कहा। लेकिन उसकी माँ के मर जाने के बाद एक बार जब मैं दिवीना फ्लोर से मिला तो उसने माना कि उसकी माँ ने सान्तियागो नासार

को कुछ नहीं बताया था क्योंकि वह दिल से चाहती थी कि वे लोग उसे मार दें। दूसरी तरफ़, दिवीना फ्लोर ने उसे इसलिए कुछ नहीं बताया क्योंकि उस समय वह एक बच्ची थी, डरी हुई थी और ख़ुद फ़ैसला नहीं ले सकती थी। उस समय वह और भी ज़्यादा डर गई थी जब सान्तियागो नासार ने ठंडे पत्थर सरीखे हाथ से उसकी कलाई पकड़ ली थी; उसका हाथ किसी मरे हुए आदमी के हाथ जैसा था।

सान्तियागो नासार लम्बे डग भरता हुआ अँधेरे घर से निकला, बिशप की नाव से आती हर्षोल्लास से भरी तेज़ आवाज़ें उसके पीछे दौड़ रही थीं। दिवीना फ्लोर दरवाज़ा खोलने के लिए उसके आगे गई। डाइनिंग रूम में सोते पक्षियों के पिंजरों तथा बैठक में खपची के फ़र्नीचर और छत से लटकते फर्न के गमलों के बीच से निकलते वक़्त उसकी कोशिश थी कि सान्तियागो नासार उससे आगे न निकले। लेकिन जब वह दरवाज़े पर पहुँची तो उस जल्लाद के चंगुल से बच न सकी। "उसने मेरी योनि पर झपट्टा मारा। मुझे घर के किसी भी कोने में अकेला पाकर वह हमेशा ऐसा ही करता था। लेकिन उस दिन मैं हमेशा की तरह हैरान नहीं थी, मुझे तेज़ रोना आ रहा था," दिवीना फ्लोर ने मुझे बताया। सान्तियागो नासार के लिए रास्ता बनाने के लिए जब वह पीछे हटी तो आधे खुले दरवाज़े से उसे सुबह की रोशनी में बर्फ़ सरीखे चौक में लगे बादाम के पेड़ दिखे। लेकिन उसकी कहीं और देखने की हिम्मत नहीं हुई। "फिर नाव के हॉर्न की आवाज़ बन्द हो गई और मुर्ग़े बाँग देने लगे," उसने मुझे बताया। "इतना शोर हो रहा था, मुझे तो विश्वास नहीं हो रहा था कि गाँव में इतने मुर्ग़े हैं और मुझे ऐसा लगा कि ये बिशप की नाव में आए होंगे।" उस आदमी के लिए, जो कभी उसका नहीं हुआ, वह सिर्फ़ इतना कर सकती थी कि प्लासीदा लिनेरो की हिदायत के बावजूद दरवाज़े पर कुंडी ना लगाए, ताकि मुसीबत में वह घर में

दाख़िल हो सके। कभी पता नहीं चला किसने, लेकिन किसी ने दरवाज़े के नीचे से एक लिफ़ाफ़ा सरका दिया था जिस पर सान्तियागो नासार के लिए चेतावनी लिखी थी कि वे उसका क़त्ल करने के लिए इन्तज़ार में बैठे हैं। उसमें जगह, कारण और साज़िश की काफ़ी जानकारी भी थी। जब सान्तियागो नासार घर से निकला तब भी वह लिफ़ाफ़ा घर में ज़मीन पर ही पड़ा था लेकिन उसकी उस पर नज़र नहीं पड़ी। ना ही दिवीना फ्लोर ने और ना ही किसी और ने उसे देखा। और जब उस पर नज़र पड़ी तब तक बहुत देर हो गई थी और अपराध को अंजाम दिया जा चुका था।

सुबह के छह बज चुके थे, स्ट्रीट लाइटें अभी भी जल रही थीं। बादाम के पेड़ों की शाखाओं पर और कुछ बालकनियों में अभी भी शादी की रात की रंगीन सजावटें लटकी हुई थीं जिन्हें देखकर कोई सोच सकता था कि उन्हें बिशप के सम्मान में लगाया गया था। लेकिन चर्च की सीढ़ियों तक पत्थर के फ़र्श से बना चौक, जहाँ चबूतरा था, कूड़े का ढेर बन गया था, ख़ाली बोतलों और रात के जश्न के हर तरह के कूड़े से ढका हुआ। जब सान्तियागो नासार अपने घर से निकला, उस वक़्त नाव के हॉर्न को सुनकर लोग डॉक की तरफ़ भागे चले जा रहे थे।

चर्च के एक तरफ़ चौक पर सिर्फ़ दूध की एक दुकान खुली थी, जहाँ सान्तियागो नासार का क़त्ल करने के लिए दो लोग इन्तज़ार कर रहे थे। भोर की रोशनी में सबसे पहले उसे उस दुकान की मालकिन क्लोतील्द आर्मेन्ता ने देखा, और उसे लगा कि सान्तियागो नासार ने एल्यूमीनियम के कपड़े पहन रखे हैं। "वह भूत सरीखा लग रहा था," उसने मुझसे कहा। जो आदमी उसका क़त्ल करने वाले थे, वे अख़बार में लिपटे चाक़ू अपने सीने से लगाए बेंच पर सो रहे थे, और क्लोतील्द आर्मेन्ता ने अपनी साँस थाम ली ताकि उनकी नींद न टूटे।

पेद्रो और पाब्लो विकारियो दोनों जुड़वाँ भाई थे। वे चौबीस साल के थे और उनकी शक्ल एक-दूसरे से इतनी मिलती थी कि दोनों में अन्तर करना मुश्किल था। रिपोर्ट में लिखा था कि वे दिखने में अक्खड़ थे लेकिन बुरे नहीं थे। दिल के ठीक थे। मैं बचपन से उनके साथ पढ़ा था और मैं भी रिपोर्ट में यही लिखता। उस सुबह तक उन दोनों ने शादी में पहने जानेवाले अपने गहरे रंग के सूट पहने हुए थे जो कैरीबियाई मौसम के लिहाज़ से कुछ ज़्यादा ही औपचारिक और गर्म थे। कई घंटों की मौज-मस्ती के बाद वे पूरी तरह से उजड़े हुए दिख रहे थे लेकिन दोनों ने अपना फ़र्ज़ पूरा करते हुए दाढ़ी बना ली थी। हालाँकि उन्होंने शादी की रस्म शुरू होने के पहले से ही पीना शुरू कर दिया था और लगातार पीते जा रहे थे, फिर भी तीन दिन बाद वे नशे में नहीं थे, बस निद्राहीन निद्राचारी प्रतीत हो रहे थे। क्लोतील्द आर्मेन्ता की दुकान में क़रीब तीन घंटे इन्तज़ार करने के बाद सुबह की हवा के पहले झोंके के साथ उनकी आँख लग गई, शुक्रवार के बाद यह उनकी पहली नींद थी। नाव की पहली सीटी से मुश्किल से उनकी आँख खुली लेकिन जब सान्तियागो नासार अपने घर से निकला तब तक वे पूरी तरह से जाग चुके थे। उन्होंने लिपटे हुए अख़बार उठाए और पेद्रो विकारियो उठने को हुआ।

क्लोतील्द आर्मेन्ता बुदबुदाई, "भगवान के लिए अभी रहने दो उसे, चाहे बिशप की खातिर ही सही।"

"ऐसा लगा था कि ईश्वर ही बोल रहा हो" वह अक्सर कहती। वास्तव में, पल-भर के लिए लगा मानो वो किसी दैवी शक्ति के वशीभूत हो गए थे। उसकी बात सुनकर विकारियो बन्धु भी सोच में पड़ गए और जो खड़ा हुआ था, वह बैठ गया। दोनों की आँखें चौक को पार करते सान्तियागो नासार का पीछा कर रही थीं। "वे उसे दया भाव से देख रहे थे," क्लोतील्द आर्मेन्ता ने कहा। उसी पल, अनाथ बच्चों वाली यूनिफ़ॉर्म

पहने क्रिश्चियन स्कूल की लड़कियाँ बेतरतीब दौड़ती हुई चौक पार कर रही थीं।

प्लासीदा लिनेरो ने ठीक कहा था—बिशप अपनी नाव से उतरे ही नहीं। अधिकारियों और स्कूली बच्चों के अलावा डॉक पर और भी बहुत लोग थे, चारों तरफ़ मोटे-मोटे मुर्ग़ों के छोटे-छोटे दड़बे नज़र आ रहे थे जो लोग बिशप के लिए तोहफ़े में लाए थे क्योंकि मुर्ग़े की कलगी का सूप उन्हें बेहद पसन्द था। लोडिंग डॉक पर इतनी जलाऊ लकड़ी रखी थी कि उसे नाव पर लोड करने में कम-से-कम दो घंटे लगते। लेकिन नाव रुकी ही नहीं। नदी के एक मोड़ पर दैत्य की तरह हुँकार भरती हुई प्रकट हुई, और बैंडवालों ने बिशप का स्तुति-गान बजाना शुरू कर दिया, मुर्ग़े अपने दड़बे में बाँग देने लगे और शहर के दूसरे मुर्ग़े भी जाग गए।

उन दिनों लकड़ी जलाकर चलाए जाने वाले पैडल-चक्र से नियंत्रित जलयान ग़ायब होने के कगार पर थे। जो थोड़े-बहुत बचे थे और अब भी चल रहे थे, उनमें न तो पियानो थे और न ही निजी कमरे थे और ये जहाज़ बमुश्किल नदी में चल पाते थे। लेकिन यह जहाज़ नया था और इसमें एक जगह धुआँ निकलने के लिए दो चिमनियाँ थीं जिन पर बाजूबन्द की तरह झंडा बना हुआ था। पीछे की तरफ़ फट्टों से बना चक्का समुद्री जहाज़ होने का अहसास देता था। ऊपरी डेक पर, कप्तान के केबिन के बग़ल में अपने स्पेनी नौकरों के साथ सफ़ेद पोशाक में बिशप खड़े थे। "कुछ क्रिसमस-सा माहौल था," मेरी बहन मारगोत ने कहा। उसके हिसाब से हुआ यह था कि डॉक से गुज़रते वक़्त नाव की सीटी के साथ भाप का फ़व्वारा निकला और वहाँ खड़े लोग भीग गए। यह एक क्षणिक सम्मोहन था—तट पर खड़ी भीड़ के सामने बिशप हवा में क्रॉस का चिन्ह बना रहे थे और वहाँ से गुज़रने के बाद भी बनाते रहे, यंत्रवत, बिना किसी दुर्भावना या अन्त:प्रेरणा के, जब तक नाव आगे जाकर आँखों से ओझल

नहीं हो गई और जो बचा रहा वो सिर्फ़ मुर्ग़ों का शोरगुल था।

सान्तियागो नासार की ठगे जाने की अनुभूति जायज़ थी। फ़ादर कार्मेन अमादोर की सार्वजनिक चिन्ता के चलते उसने बहुत सारी लकड़ी दान दी थी, और ऊपर से सबसे शानदार कलगी वाले मुर्ग़े भी उसने ही चुने थे। लेकिन यह नाराज़गी क्षणिक थी। उसके साथ तट पर मौजूद मेरी बहन मारगोत ने देखा था कि उसका मूड अच्छा था और एस्प्रिन से कोई राहत न मिलने के बावजूद वह जश्न चालू रखना चाहता था। "उसे तो ठंड भी नहीं लग रही थी और वह सिर्फ़ यही सोच रहा था कि शादी में कितना ख़र्च हुआ होगा," मारगोत ने मुझे बताया। जब उनके साथ मौजूद क्रिस्तो बेदोया ने आँकड़े बताए तो वह चौंक गया। क्रिस्तो लगभग चार बजे तक सान्तियागो नासार और मेरे साथ तफ़रीह कर रहा था। वह सोने के लिए अपने घर भी नहीं गया, बल्कि दादा-दादी के घर पर ही गप मारता रहा। वहीं उसे पार्टी में हुए ख़र्च का हिसाब मिल गया। उसने बताया कि मेहमानों के लिए चालीस टर्की (पेरू पक्षी) और ग्यारह सूअर काटे गए थे और चार बछड़े ख़ुद दूल्हे ने चौक पर लोगों के लिए भुनने के लिए लगाए थे। उसने बताया कि तस्करी की दारू के 205 डिब्बे लग गए थे और क़रीब 2000 बोतल देसी शराब लोगों में बाँटी गई थी। शायद ही कोई ऐसा इनसान रहा होगा, अमीर या ग़रीब, जिसने शहर की इस सबसे बड़ी पार्टी में हिस्सा न लिया हो। सान्तियागो नासार जागते हुए सपना देख रहा था।

"मेरी शादी भी ऐसी ही होगी, लोगों को उसके क़िस्से सुनाने में जिन्दगी छोटी पड़ जाएगी," उसने कहा।

मेरी बहन को एक ख़ामोशी का अहसास हुआ। उसे एक बार फिर फ्लोरा मिगेल की ख़ुशक़िस्मती का ख़याल आया, जिसके पास ज़िन्दगी में इतना कुछ था और इस साल क्रिसमस पर सान्तियागो नासार भी मिलने

वाला था। "अचानक मुझे अहसास हुआ कि उससे बेहतर लड़का नहीं हो सकता था," मारगोत ने मुझसे कहा। "सोचो, देखने में सुन्दर, अपनी बात का पक्का और 21 साल की उम्र में इतना कमा लेने वाला लड़का।" जब नाश्ते में हमारे घर साबुदाने के वड़े बनते थे तो मारगोत उसे नाश्ते के लिए बुला लेती थी, और उस दिन भी माँ वही बना रही थीं। सान्तियागो नासार भी झट से घर आने को तैयार हो गया था।

"मैं कपड़े बदलकर आता हूँ," उसने कहा लेकिन उसे अहसास हुआ कि वह बिस्तर के बग़ल वाली मेज़ पर अपनी घड़ी भूल आया था। "समय क्या हुआ है?"

छह बजकर पच्चीस मिनट हुए थे। सान्तियागो नासार ने क्रिस्तो बेदोया का हाथ पकड़ा और उसे चौक की तरफ़ ले गया।

"पन्द्रह मिनट में मैं तुम्हारे घर पहुँच जाऊँगा," उसने मेरी बहन से कहा।

मारगोत ने ज़िद की कि वह उसी समय साथ चले क्योंकि नाश्ता तैयार था। क्रिस्तो बेदोया ने मुझसे कहा, "अजीब-सी ज़िद थी, कभी-कभी तो मुझे लगता है कि शायद मारगोत को पहले ही पता था कि वे सान्तियागो नासार को मारने वाले हैं और इसीलिए वह उसे तुम्हारे घर में छिपाना चाहती थी।" हालाँकि सान्तियागो नासार ने उसे पहले घर जाने के लिए मना लिया और कहा कि वह घुड़सवारी वाले कपड़े पहनकर आएगा; क्योंकि उसे नाश्ते के तुरन्त बाद कुछ बछड़ों का बधियाकरण करने अपने पशु फार्म पर जाना है। उसने मारगोत से उसी तरह हाथ हिलाकर विदा ली जैसे अपनी माँ से ली थी और क्रिस्तो बेदोया का हाथ थामे चौक की तरफ़ चल दिया। इसके बाद मारगोत ने उसे नहीं देखा।

डॉक पर मौजूद बहुत से लोगों को पता था कि वे सान्तियागो नासार का क़त्ल करने वाले हैं। अपनी सेवानिवृत्ति का आनन्द लेने वाले और

ग्यारह साल से शहर के मेयर, सैनिक अकादमी के कर्नल डॉन लज़ारो अपोन्ते ने उँगलियाँ हिलाकर उसका अभिवादन किया। "मेरे अपने कारण थे, मुझे लगा अब उसे कोई ख़तरा नहीं है," उन्होंने मुझे बताया। फ़ादर कार्मेन अमादोर को भी कोई चिन्ता नहीं थी। "जब मैंने उसे सही-सलामत देखा तो मुझे लगा कि सब झूठ था," उन्होंने मुझे कहा। किसी को सान्तियागो नासार को आगाह करने का ख़याल नहीं आया, क्योंकि यहं सोचना कि उसे किसी ने चेतावनी नहीं दी होगी, असम्भव जान पड़ता था।

दरअसल, मेरी बहन मारगोत उन चन्द लोगों में थी जो अभी तक बेख़बर थे कि वे सान्तियागो नासार को मारने वाले हैं। "अगर मुझे मालूम होता तो मैं उसे ज़बर्दस्ती घर ले जाती, चाहे उसके लिए उसे जानवर की तरह बाँधना ही क्यों न पड़ता," उसने जाँचकर्ता से कहा था। उसे इस बात की ज़ानकारी न होना आश्चर्यजनक था लेकिन उससे भी ज़्यादा आश्चर्यजनक था मेरी माँ को भी इस बात की जानकारी न होना; क्योंकि उन्हें तो सबसे पहले सब कुछ पता चल जाता था वो भी तब जब वह सालों से घर से नहीं निकली थीं, चर्च तक नहीं गई थीं। मुझे उनकी इस ख़ासियत का पता तब चला था जब मैं स्कूल जाने के लिए जल्दी उठने लगा था। मैं उन्हें वैसा पाता जैसी वह उन दिनों हुआ करती थीं, निष्प्रभ और अदृश्य, सवेरे की धुँधलके में घर पर बने झाड़ू से आँगन साफ़ करती हुई, कॉफ़ी की चुसकियों के बीच वह मुझे बतातीं कि जब हम सो रहे थे तब दुनिया में क्या कुछ घटा था। शहर के दूसरे लोगों के साथ उनका एक प्रकार का रहस्यमय जुड़ाव था, ख़ासकर अपनी उम्र के लोगों के साथ और कभी-कभी तो वह मुझे कोई ख़बर समय से पहले ही बता देतीं जो सिर्फ़ किसी दैवी शक्ति से ही मालूम हो सकती थी। लेकिन उस दिन उन्हें उस त्रासदी का इल्म भी नहीं हुआ, जिसकी सुबह तीन बजे से ही तैयारी चल रही थी। वह आँगन में झाड़ू लगा चुकी थीं और जब मेरी

बहन मारगोत बिशप के स्वागत के लिए गई तब वह साबुदाने के वड़े बनाने की तैयारी कर रही थीं। "मुर्ग़ों की बाँग सुनाई दे रही थी," मेरी माँ उस दिन को याद कर अक्सर कहती हैं। लेकिन उन्होंने दूर से सुनाई दे रहे उस शोरगुल को बिशप के आगमन से कभी नहीं जोड़ा, बल्कि उसे शादी की पार्टी का कोलाहल समझा।

हमारा घर बड़े चौक से काफ़ी दूर था, नदी के पास आम के एक बाग़ में। मेरी बहन मारगोत नदी किनारे टहलते हुए डॉक तक गई थी। लोग बिशप के आने का इन्तज़ार इतनी बेचैनी से कर रहे थे कि और किसी ख़बर में उनकी कोई दिलचस्पी नहीं थी। भगवान के आशीर्वाद के लिए बीमार लोगों को मेहराबदार पथ पर बैठा दिया गया था। औरतें टर्की, सूअर और दूसरे तरह की खाद्य सामग्री लिये, घर से निकलकर दौड़ती हुई जा रही थीं, और नदी के दूसरे छोर से फूलों से सजी डोंगी आ रही थी। लेकिन जब ज़मीन पर पैर रखे बिना ही बिशप वहाँ से गुज़र गए तो दूसरी दबी हुई ख़बर ने स्कैंडल का रूप धारण कर लिया। मेरी बहन मारगोत को इस बारे में पूरी जानकारी बहुत ही क्रूर ढंग से मिली। ख़ूबसूरत आंखेला विकारियो, जिसकी पिछले दिन ही शादी हुई थी, अपने माँ-बाप के घर वापस भेज दी गई थी क्योंकि उसका पति जान गया था कि वह कुमारी नहीं थी। "मुझे लगा था कि मैं ही मरने वाली हूँ," मेरी बहन ने कहा। "लेकिन तमाम कोशिशों के बाद भी कोई मुझे यह नहीं बता पाया कि बेचारा सान्तियागो नासार इस लफड़े में कैसे उलझ गया था।" बस एक चीज़ सबको सही से मालूम थी कि आंखेला विकारियो के भाई सान्तियागो नासार को मारने के लिए इन्तज़ार कर रहे थे।

मेरी बहन किसी तरह अपना रोना रोककर, दाँत भींचे घर लौटी तो उसने माँ को डाइनिंग रूम में पीले फूलों वाली नीली ड्रेस पहने पाया, जो उन्होंने इसलिए पहनी थी कि कहीं बिशप मिलने चले आएँ तो, वे अदृश्य

प्रेम का गीत फादो गा रही थीं, और खाने की मेज़ सजा रही थीं। मेरी बहन ने देखा कि एक प्लेट ज़्यादा लगी थी।

"सान्तियागो नासार के लिए है। मुझे पता लगा कि तुमने उसे नाश्ते के लिए बुलाया है," मेरी माँ ने कहा।

"हटा दो," मेरी बहन ने कहा।

और फिर उसने माँ को बताया। "लेकिन ऐसा लगा जैसे वह पहले से ही जानती थीं," मारगोत ने मुझे कहा। "हमेशा की तरह उन्हें कुछ भी बताने पर जब कहानी आधी भी नहीं हुई होती, उन्हें उसका अन्त पता लग जाता।" यह बुरी ख़बर मेरी माँ के लिए एक पेचीदा समस्या थी। सान्तियागो नासार का नाम उनके नाम पर रखा गया था और जब उसका नामकरण हुआ वह उसकी धर्म-माता थीं लेकिन दूसरी तरफ़ लौटाई हुई दुल्हन की माँ पुरा विकारियो उनकी रिश्तेदार थी। जो भी हो, ख़बर सुनते ही उन्होंने अपने ऊँची एड़ी वाले जूते पहने और चर्च वाला शॉल लपेटा जो वह सिर्फ़ तब पहनती थीं जब शोक प्रकट करने जाती थीं। अपने बिस्तर पर सब कुछ सुन रहे मेरे पिता पाजामे में ही डाइनिंग रूम में आ गए और घबराकर माँ से पूछा कि वह कहाँ जा रही हैं।

"अपनी प्यारी दोस्त प्लासीदा को चेतावनी देने," उन्होंने जवाब दिया। "यह ठीक नहीं है कि सबको मालूम है कि वे लोग उसके बेटे का क़त्ल करने वाले हैं और अकेली वह इस बात से अनजान है।"

"हम लोग विकारियो परिवार के भी उतना ही क़रीब हैं जितना उसके," मेरे पिता ने कहा।

"इनसान को हमेशा मरने वाले की तरफ़दारी करनी चाहिए," माँ ने कहा।

मेरे छोटे भाई भी दूसरे कमरों से निकल आए थे। त्रासदी की भनक से सबसे छोटा भाई रोने लगा। मेरी माँ ने उनकी तरफ़ कोई ध्यान नहीं

दिया। और ज़िन्दगी में पहली बार उन्होंने अपने पति की बात को तवज्जो नहीं दी।

"एक मिनट रुको। मैं भी तैयार हो जाता हूँ," उन्होंने माँ से कहा।

तब तक वे बाहर सड़क पर पहुँच चुकी थीं। सिर्फ़ मेरा भाई खाइमे स्कूल जाने के लिए तैयार था, जो उस समय सात साल से ज़्यादा का नहीं होगा।

"तुम जाओ उसके साथ," पिता ने उससे कहा।

बिना समझे कि क्या हो रहा था और वे कहाँ जा रहे थे, खाइमे माँ के पीछे दौड़ा और उनका हाथ पकड़ लिया। "वे अपने-आप से बात कर रही थीं," खाइमे ने मुझे बताया। "कीड़े," वह बुदबुदा रही थीं, "जानवर कहीं के जो कुछ अच्छा नहीं कर सकते।" उन्हें तो अहसास भी नहीं था कि उन्होंने बच्चे का हाथ पकड़ा हुआ था। "सबको लगा होगा कि मैं पागल हो गई हूँ," माँ ने मुझे कहा। "मुझे सिर्फ़ इतना याद है कि दूर से बहुत से लोगों का शोर सुनाई दे रहा था मानो शादी का कोलाहल फिर शुरू हो गया हो, सब लोग चौक की तरफ़ भाग रहे थे।" उन्होंने अपनी चाल तेज़ कर दी, वो एक ज़िन्दगी बचाने के लिए दृढ़ता से आगे बढ़ रही थीं कि तभी दूसरी तरफ़ से दौड़कर आने वाले किसी शख़्स ने उनके ग़ुस्से पर दया दिखाई।

"आप रहने दें लुईसा सान्तियागा," उसने दौड़ते हुए कहा। "वे उसका क़त्ल कर चुके हैं।"

अपनी दुल्हन को वापस भेजने वाला आदमी, बेयार्डो सान रोमान, एक साल पहले अगस्त में पहली बार आया था—शादी से छह महीने पहले। वह सप्ताह में एक बार आने वाली नाव से वहाँ पहुँचा था, कुछ बस्ते लिये जिन पर उसके बेल्ट के बकल और जूतों के छल्लों से मेल खाती चाँदी की सजावट थी। उसकी उम्र क़रीब तीस साल थी लेकिन दिखता कम का था क्योंकि उसकी कमर एक नए-नवेले बुलफ़ाइटर सरीखी थी, सुनहरी आँखें और रंग गहरा था। जब वह आया तो उसने एक छोटी जैकेट और बहुत ही चुस्त पैंट पहनी हुई थी, दोनों ही गाय के चमड़े से बने थे और उसने उसी रंग के दस्ताने भी पहन रखे थे। मगदलेना ओलिवर भी उसी नाव पर आई थी और पूरी यात्रा के दौरान वह अपनी नज़र उस आदमी से हटा नहीं सकी थी। "एकदम परीकथा के नायक जैसा लग रहा था," उसने मुझसे कहा। "और बड़े दुख की बात है क्योंकि मैं तो उसे मक्खन लगाकर ज़िन्दा खा सकती थी।" ऐसा सोचने वाली वह अकेली नहीं थी और ना ही आख़िरी जिसे इस बात का अहसास हो कि बेयार्डो सान रोमान जैसा दिखता था वैसा था नहीं। पहली नज़र में उसकी पहचान नहीं हो सकती थी।

अगस्त के अन्त में मेरी माँ ने मुझे ख़त में लिखा था, "एक बहुत अजीब आदमी आया है।" अगली चिट्ठी में उन्होंने लिखा, "उस अजीब आदमी का नाम है बेयार्डो सान रोमान और सब कहते हैं कि वह दिखने में आकर्षक है, हालाँकि मैं उससे मिली नहीं हूँ।" किसी को नहीं मालूम कि वह क्यों आया है। शादी से थोड़ा पहले एक सज्जन उससे यह सवाल पूछने से ख़ुद को रोक नहीं पाए तो उन्हें जवाब मिला, "मैं अपने लिए दुल्हन खोजता हुआ शहर-दर-शहर घूम रहा हूँ।" हो सकता है यह सच हो। लेकिन वह किसी भी सवाल का जवाब ऐसे ही देता था। उसके बोलने का ढंग ऐसा था कि वह बताने से ज़्यादा छिपाता था।

जिस रात वह पहुँचा, उसने उन्हें जताया कि वह एक रेलवे इंजीनियर है और अन्दर तक रेल की लाइन बनाने की ज़रूरत पर बेहद ज़ोर दिया ताकि हम नदी की अस्थिर धारा से दो क़दम आगे रहें। अगले दिन उसे एक तार भेजना था जो उसने ख़ुद ही भेजा; ऊपर से उसने तार कर्मचारी को अपना एक फ़ॉर्मूला भी बताया जिससे वह पुरानी बैटरी का ज़्यादा इस्तेमाल कर सकता था। उसी उत्साह से उसने भर्ती के लिए वहाँ आए एक फ़ौजी डॉक्टर से सरहद पर होने वाली बीमारियों के बारे में चर्चा की। उसे लम्बे चलने वाले शोर-शराबे से भरे उत्सव बहुत पसन्द थे, काफ़ी शराबखोर था, लड़ाइयों में बीच-बचाव करता था और ठगी जुआरियों का दुश्मन था। एक इतवार को, चर्च में प्रार्थना सभा के बाद उसने सबसे कुशल तैराकों को, जो कि कई थे, चुनौती दी और नदी के पार आने और जाने में उनमें से सबसे श्रेष्ठ को भी 20 हाथ से पीछे छोड़ दिया। मेरी माँ ने मुझे इस बारे में एक ख़त में लिखा था और अन्त में एक टिप्पणी की थी जो उनकी ख़ासियत थी, "ऐसा प्रतीत होता है कि मानो वह सोने में डूब-उतरा रहा हो।" यह बात उन्होंने इस असामयिक आख्यान के जवाब में कही थी कि बेयार्डो सान रोमान न केवल सब

कुछ कर सकता था और अच्छे से कर भी रहा था; बल्कि उसके पास बेहिसाब संसाधन भी थे।

अक्तूबर में लिखे एक ख़त में अन्ततः माँ ने उसे अपना आशीर्वाद दे ही दिया, "लोग उसे बहुत पसन्द करते हैं," उन्होंने मुझे लिखा, "क्योंकि वह ईमानदार है, दिल का अच्छा है और पिछले इतवार उसने घुटनों के बल बैठकर कम्यूनियन लिया और लैटिन में मिस्सा में भी मदद की।" उन दिनों खड़े होकर कम्यूनियन लेने की अनुमति नहीं थी और सब कुछ लैटिन में होता था लेकिन मेरी माँ को ऐसे अनावश्यक तथ्य नोट करने की आदत थी। ख़ासकर तब जब वह किसी भी मामले की गहराई से विवेचना करती थीं। ख़ैर, उसके बारें में अपना फ़ैसला सुनाने के बाद उन्होंने दो ख़त और लिखे जिनमें बेयार्डो सान रोमान का कोई ज़िक्र नहीं था। तब भी ज़िक्र नहीं किया जब सब जान गए कि वह आंखेला विकारियो से शादी करना चाहता था। उस बदक़िस्मत शादी के काफ़ी समय बाद उन्होंने माना कि जब तक उन्होंने उसे ठीक से पहचाना तब तक अक्तूबर के उस ख़त की ग़लती को सुधारने के लिए बहुत देर हो चुकी थी। उसकी सुनहरी आँखों ने उनमें डर व सिहरन पैदा की थी।

"वह मुझे शैतान मालूम पड़ता था," उन्होंने मुझसे कहा। "लेकिन तुमने ही तो कहा था कि ऐसी चीज़ें लिखनी नहीं चाहिए।"

माँ के बेयार्डो सान रोमान को मिलने के कुछ समय बाद ही जब मैं क्रिसमस की छुट्टियों में घर आया तो मैं उससे मिला था और मुझे वह उतना ही अजीब लगा था जितना सबने बताया था। देखने में तो आकर्षक था, लेकिन मगदलेना ओलिवर ने उसकी तारीफ़ में जो कसीदे पढ़े थे, वैसा नहीं था। उसकी हरकतों से जो प्रतीत होता था वह मुझे उससे कहीं ज़्यादा गम्भीर लगा और उसके अत्यधिक शिष्ट आचरण के पीछे तनाव झलक रहा था। लेकिन इन सबसे अलग, वह मुझे एक दुखी इनसान लगा।

उस समय वह आंखेला विकारियो के साथ अपनी प्रेम-सन्धि यानी विवाह पर औपचारिकता की मोहर लगा चुका था।

यह कभी साफ़ नहीं हुआ कि वे मिले कैसे थे। ग़ैर-शादीशुदा लड़कों के जिस बोर्डिंग-हाउस में बेयार्डो सान रोमान रहता था, वहाँ की मालकिन ने बताया कि सितम्बर के अन्त में, एक दोपहर जब वह बैठक में हिलने वाली कुर्सी पर ऊँघ रहा था तब आंखेला विकारियो और उसकी माँ नक़ली फूलों की दो टोकरियाँ लेकर चौक से गुज़रीं। जब बेयार्डो सान रोमान की आँख खुली तो दो बजे की सुनसान दोपहरी में काले कपड़े पहने इन दो जीवात्माओं पर उसकी नज़र पड़ी, और उसने पूछा कि वह जवान लड़की कौन है। इस पर बोर्डिंग-हाउस की मालकिन ने उसे बताया कि वह लड़की उस महिला क़ी सबसे छोटी बेटी है और उसका नाम आंखेला विकारियो है। बेयार्डो सान रोमान की नज़रों ने चौक के दूसरे छोर तक उनका पीछा किया।

"अच्छा नाम है उसका," उसने कहा।

फिर उसने सिर पीछे टिकाया और आँखें बन्द कर लीं।

उसने कहा, "जब उठूँगा तो मुझे याद दिला देना कि मैं उससे शादी करने वाला हूँ।"

आंखेला विकारियो ने मुझे बताया कि बेयार्डो सान रोमान के प्रणय-निवेदन करने से पहले बोर्डिंग-हाउस की मालकिन ने यह बात उससे कही थी। "मैं काफ़ी चौंक गई थी," उसने कहा। बोर्डिंग-हाउस में मौजूद त़ीन लोगों ने इस बात की पुष्टि की थी लेकिन चार लोग इस बात की तसदीक नहीं कर सके थे। दूसरी तरफ़ सब एकमत थे कि आंखेला विकारियो और बेयार्डो सान रोमान एक-दूसरे से पहली बार अक्तूबर में राष्ट्रीय छुट्टी के दिन चैरिटी बाज़ार में मिले थे जहाँ वह चिल्ला-चिल्लाकर लॉटरी के टिकट बेच रही थी। बेयार्डो सान रोमान बाज़ार पहुँचा और सीधे उस बूथ

पर गया जहाँ एकदम सन्नाटा छाया हुआ था और उससे मुक्ता सीप से सजे म्यूज़िक बॉक्स का दाम पूछा जो शायद उस मेले का सबसे बड़ा आकर्षण रहा होगा। लड़की ने जवाब दिया कि वह बिक्री के लिए नहीं है, वह लकी ड्रॉ में इनाम के तौर पर जीता जाता है।

"यह तो और भी अच्छा है, सस्ता पड़ेगा।" उस आदमी ने कहा।

आंखेला ने मेरे सामने माना कि बेयार्डो सान रोमान ने उसे प्रभावित तो किया था लेकिन प्यार से अलग दूसरे कारणों से। "मुझे अहंकारी आदमियों ने नफ़रत थी, और मैंने इतना अहंकारी आदमी कभी नहीं देखा था," उसने उस दिन को याद करते हुए कहा। "और वैसे भी मुझे लगा कि वह पोलिश है।" लेकिन उसको सबसे ज़्यादा चिढ़ तब हुई जब उसने बेसब्री से इन्तज़ार कर रहे लोगों के सामने म्यूज़िक बॉक्स के लकी ड्रॉ का नम्बर बोला तो पाया कि बेयार्डो सान रोमान ही जीता था। उसे विश्वास नहीं हुआ कि सिर्फ़ उस पर रौब जमाने के लिए बेयार्डो सान रोमान ने लकी ड्रॉ के सारे टिकट ख़रीद लिये थे।

उस रात आंखेला विकारियो जब अपने घर पहुँची तो उसे वो बॉक्स सुन्दर काग़ज़ और ऑर्गंडि के रिबन में लिपटा मिला। "मुझे कभी पता नहीं लगा कि उसे कैसे मालूम हुआ कि उस दिन मेरा जन्मदिन था," आंखेला ने मुझे बताया। उसे अपने माता-पिता को यह विश्वास दिलाने में काफ़ी मुश्किल हुई थी कि उसने ऐसा कुछ नहीं किया था कि बेयार्डो सान रोमान उसे ऐसा तोहफ़ा भेजे और वो भी ऐसे खुलेआम। तब उसके बड़े भाई पेद्रो और पाब्लो बॉक्स लेकर उसके असली मालिक को लौटाने होटल गए, और वे इतनी फ़ुर्ती से गए थे कि किसी ने न तो उन्हें आते देखा और न जाते। लेकिन उस परिवार को बेयार्डो सान रोमान के मोहक व्यक्तित्व के जादू का अन्दाज़ा नहीं था; दोनों जुड़वाँ भाई अगले दिन तड़के लौटे, नशे में धुत्त, म्यूज़िक बॉक्स के साथ, और उनके साथ

आया बेयार्डो सान रोमान, पार्टी करने के लिए।

आंख़ेला विकारियो एक ग़रीब परिवार की सबसे छोटी बेटी थी। उसका पिता पोनसिओ विकारियो ग़रीबों का सुनार था और परिवार की इज़्ज़त बचाए रखने के लिए सोने का बारीक काम किया करता था जिससे उसकी आँखें खराब हो गई थीं। विवाह के बन्धन में बँधने से पहले, उसकी माँ, पुरीसिमा देल कार्मेन, स्कूल में टीचर थी। वह दिखने में कमज़ोर और कुछ बीमार ज़रूर लगती थी लेकिन अन्दर से बहुत मज़बूत थी। "वह नन जैसी लगती थी," मरसेदेस उन्हें याद करते हुए बोली। उसने पति की देखभाल और बच्चों की परवरिश में इतने समर्पण से ख़ुद को झोंक दिया था कि लोगों को उसकी मौजूदगी का अहसास भी नहीं होता था। दो बड़ी बेटियों की शादी देर से हुई थी। जुड़वाँ लड़कों के अलावा उनकी एक मँझली बेटी भी थी जिसकी रात के बुखार से मौत हो गई थी। दो साल बाद तक भी वे उसका शोक मना रहे थे जो घर नें तो आसान था लेकिन बाहर की दुनिया में बहुत मुश्किल। लड़कों को मर्द बनना सिखाया गया था और लड़कियों को शादी के लिए तैयार किया गया था। उन्हें सिलाई, कढ़ाई, लेस बनाना, कपड़े धोना, इस्तरी करना, नक़ली फूल बनाना और सगाई के ऐलान की चिट्ठियाँ लिखना आता था। वे मृतकोपासना को नज़रअन्दाज करने वाली उस समय की लड़कियों से भिन्न थीं और बीमार के साथ बैठने, मृत्युशैया पर पड़े लोगों को सहारा देने और मरने के बाद रीति-रिवाज में माहिर थीं। मेरी माँ को उनसे एक ही शिकायत थी, और वो थी रात के वक़्त सोने से पहले बालों में कंघी करने की उनकी आदत। वह उनसे कहतीं, "लड़कियों, रात को कंघा मत करो; तुम जहाज़ियों की यात्रा में अड़चन पैदा कर दोगी।" इसके अलावा उनके हिसाब से इनसे बेहतर परवरिश किसी लड़की की नहीं हुई थी। वह अक्सर कहतीं, "सर्वगुण सम्पन्न हैं ये लड़कियाँ, इनके साथ कोई भी

आदमी ख़ुश रहेगा क्योंकि उनकी परवरिश तकलीफ़ सहने के लिए हुई है।" हालाँकि दोनों बड़ी बेटियों से शादी करने वाले उनके आपसी जुड़ाव को नहीं ख़त्म कर पाए थे, दोनों हर जगह साथ जातीं, केवल महिलाओं के लिए नृत्य उत्सव आयोजित करतीं, आदमियों पर शक करतीं और उनके इरादों को ग़लत मानतीं।

चारों भाई-बहनों में आंखेला विकारियो सबसे सुन्दर थी और मेरी माँ का कहना था कि वह महान रानियों जैसे पैदा हुई थी; जिसकी गर्भनाल उसकी गर्दन में लिपटी हुई थी यानी वह कुछ विशेष शक्तियों के साथ पैदा हुई थी। लेकिन वह स्वभाव से इतनी सीधी-सादी और शुष्क थी कि उसका भविष्य डाँवाँडोल लगता था। मैं उसे साल-दर-साल क्रिसमस की छुट्टियों में देखता था और हर साल वह अपने घर की खिड़की पर खड़ी पहले से अधिक निस्तेज लगती थी, जहाँ वह दोपहर में बैठकर कपड़ों के फूल सिलती थी और अपने पड़ोसिनों के साथ कुँवारी लड़कियों के गीत गाती थी। "वह शादी के लिए तैयार है," सान्तियागो नासार ने मुझे बताया, "तुम्हारी भोंदू बहन।" और एक दिन अचानक, उसकी बहन की मृत्यु से पहले मैंने उसे रास्ते में देखा; उसने एक वयस्क महिला की तरह कपड़े पहन रखे थे, उसके बाल घुँघराले थे, मुझे तो विश्वास ही नहीं हुआ कि यह वही लड़की थी। लेकिन यह तो क्षणिक छवि थी। इतने सालों में वह और नीरस हो गई थी। यहाँ तक कि जब पता चला कि बेयार्डो सान रोमान उससे शादी करना चाहता है तो लोगों को लगा कि यह एक परदेसी के साथ छल होगा।

लेकिन शादी को लेकर आंखेला का परिवार न केवल गम्भीर था, बल्कि बहुत उत्साहित भी था। सिवाय पुरा विकारियो के, जिसने शर्त रखी कि बेयार्डो सान रोमान अपने बारे में सब कुछ बताए।

तब तक कोई भी ठीक से नहीं जानता था कि वह है कौन। उसका

अतीत उस दोपहर तक सीमित था जब वह एक अभिनेता के गेटअप में वहाँ अवतरित हुआ था। उसकी ज़िन्दगी के बारे में इतना रहस्य था कि कोई भी ऊलजुलूल कहानी सच हो सकती थी। लोगों का कहना था कि सेनापति के तौर पर कासानारे में उसने गाँव के गाँव साफ़ कर दिये थे और आतंक का पर्याय बन गया था, कि वह डेविल्स आईलैंड से भागा था, कि उसे पेरनामबुको में प्रशिक्षित भालू के जोड़े के साथ काम करता देखा गया था, कि उसने विंडवर्ड चैनल में सोने से भरा पोत-भंग समुद्री जहाज़ निकाला था आदि। लेकिन अपने पूरे परिवार को लाकर बेयार्डो सान रोमान ने इन सारी कहानियों पर विराम लगा दिया था।

उसके परिवार में चार लोग और थे—पिता, माँ और दो गुस्ताख़ बहनें। वे फोर्ड की मॉडल-टी गाड़ी से आए थे जिस पर सरकारी नम्बर प्लेट लगी थी और जिसके बतख की आवाज़ वाले हॉर्न ने सुबह ग्यारह बजे सबको सचेत कर दिया था। उसकी माँ अलबर्ता सीमोंट्स एक लम्बी-चौड़ी क़द-काठी की मुलातो महिला थी (स्पैनिश शब्दावली में मुलातो उस व्यक्ति को कहते हैं, जिसके माता और पिता में से एक श्वेत और दूसरा अश्वेत होता है) और स्पैनिश और पापियामेन्तो की मिश्रित भाषा बोलती थी और जवानी में आंतिल्यास की दो सौ सबसे ख़ूबसूरत महिलाओं में उसे सबसे ख़ूबसूरत घोषित किया गया था। हाल में ही जवानी की दहलीज़ पर क़दम रखने वाली दोनों बहनें चंचल थीं। लेकिन सबसे बड़ा आकर्षण तो उसके पिता थे—जनरल पेत्रोनियो सान रोमान, पिछली सदी के गृहयुद्ध के हीरो और तुकुरिंका में कर्नल ऑरेलियानो बुएनदिया को मैदान छोड़कर भागने के लिए मजबूर करने वाले रूढ़िवादी सरकार के गौरवशाली इतिहास का हिस्सा। जब मेरी माँ को पता चला कि वे कौन हैं तो वह अकेली थीं जो उनको अभिवादन करने नहीं गईं। "मुझे इससे कोई एतराज़ नहीं कि वह शादी करें," उन्होंने कहा। "लेकिन इसका मतलब यह नहीं कि मैं

उस आदमी से हाथ मिलाने जाऊँ जिसने खेरीनालदो मार्केस की पीठ पर गोली मारने का आदेश दिया था।" जैसे ही वे अपनी गाड़ी की खिड़की में अपनी सफ़ेद टोपी हिलाते नज़र आए उनकी तसवीरों की वजह से सबने उन्हें पहचान लिया। उन्होंने गेहुएँ रंग का लिनेन का सूट पहना हुआ था, कोरदोवान के फीते वाले जूते और उनकी नाक पर क्लिप से टिका हुआ सुनहरे फ्रेम का चश्मा था जो वास्कट में बने काज से एक चेन से जुड़ा था। छाती पर बहादुरी का मेडल टँका था और उनके हाथ में लाठी थी जिसके मूठ की घुंडी पर राष्ट्रीय चिन्ह बना था। सबसे पहले वे गाड़ी से उतरे, खराब सड़क की तपती धूल से सने हुए, और उनके गाड़ी की पायदान पर खड़े होते ही सब समझ गए कि बेयार्डो सान रोमान जिससे शादी करना चाहे, करेगा।

वह तो आंखेला विकारियो थी जो उससे शादी नहीं करना चाहती थी। "वह मेरे लिए कुछ ज़्यादा ही मर्द था," उसने मुझसे कहा। दूसरी बात बेयार्डो सान रोमान ने भी उसे रिझाने की कोशिश नहीं की, बस परिवार पर अपना मोहक जादू चला दिया। आंखेला विकारियो कभी भी उस रात के ख़ौफ़ से उबर नहीं पाई जब पूरा परिवार, उसके माँ-पिता, बड़ी बहनें और उनके पति, बैठक में इकट्ठा हुए थे और उसे मजबूर किया था ऐसे आदमी से शादी पर राज़ी होने के लिए जिसे उसने बमुश्किल देखा था। हालाँकि उसके जुड़वाँ भाई बीच में नहीं पड़े थे। "हमें तो यह औरतों का मामला ज़्यादा लगा," पाब्लो विकारियो ने मुझसे कहा। उसके माता-पिता की सबसे बड़ी और मज़बूत दलील थी कि एक ग़रीब परिवार को क़िस्मत की ऐसी भेंट ठुकराने का कोई अधिकार नहीं है। जब आंखेला विकारियो ने यह जताने की कोशिश की कि वह उससे प्यार नहीं करती तो उसकी माँ ने एक ही वाक्य में उसकी दलील ख़ारिज कर दी—

"प्यार किया भी जा सकता है।"

उन दिनों सगाई और शादी के बीच लम्बा अन्तराल होता था, घर के बड़े लोगों की निगरानी में मुलाक़ातें होती थीं; पर बेयार्डो सान रोमान की इच्छाओं के चलते उनकी सगाई के सिर्फ़ चार महीनों में ही शादी कर दी गई। इससे कम समय में ऐसा सम्भव नहीं था; क्योंकि पुरा विकारियो का कहना था कि शोक का समय ख़त्म होने तक इन्तज़ार करना होगा। वह समय बिना किसी चिन्ता के बीत गया क्योंकि बेयार्डो सान रोमान ने सब कुछ सँभाल लिया था। "एक रात उसने मुझसे पूछा कि मुझे कौन सा घर पसन्द है," आंखेला विकारियो ने मुझे बताया। "और बिना जाने कि वह क्यों पूछ रहा है, मैंने कहा कि शहर का सबसे सुन्दर घर विधुर यीउस का है।" मैं भी यही कहता। पहाड़ी पर बना यह घर हवादार था और बरामदे से लेकर बैंगनी सदाबहार फूलों से ढकी हुई कच्छ भूमि अन्तहीन स्वर्ग जैसी दिखाई पड़ती थी और गर्मी में, जब आसमान साफ़ हो, आप कैरीबियाई क्षितिज और कार्ताख़ेना दे इंदियाज़ से आते पर्यटक जहाज़ भी देख सकते थे। उसी रात बेयार्डो सान रोमान क्लब गया और विधुर यीउस की मेज़ पर डॉमिनो खेलने बैठ गया।

"विधुर यीउस, मैं तुम्हारा घर ख़रीदना चाहता हूँ," उसने कहा।

"घर बिकाऊ नहीं है," विधुर यीउस ने कहा।

"मैं उसे घर के सब सामान के साथ ख़रीद लूँगा।"

विधुर यीउस ने पुरानी परम्परा के हवाले से उसे समझाया कि घर की हर चीज़ उसकी पत्नी ने ज़िन्दगी-भर के त्याग और बलिदान से बहुत प्यार से ख़रीदी थी और यह घर उसके लिए उसकी पत्नी की यादों का एक कोना है। "बोलते वक़्त उसका कलेजा मुँह को आ रहा था," उनके साथ खेल रहे डॉक्टर दिओनिसिओ इगुआरान ने मुझे बताया। "मुझे विश्वास था कि जिस घर में वह तीस साल सुखी रहा था उसे बेचने से पहले वह मर जाएगा।" बेयार्डो सान रोमान को भी बात समझ में आ गई।

"ठीक है, तो ख़ाली घर बेच दो," उसने कहा।

लेकिन विधुर खेल के अन्त तक तर्क देते रहे। तीन रात बाद बेयार्डो सान रोमान फिर डॉमिनो की मेज़ पर लौटा। इस बार वह बेहतर तैयारी से आया था।

"विधुर, तुम्हारे घर की क़ीमत क्या है?" उसने फिर कहा।

"उसकी क़ीमत नहीं है।"

"जो चाहो माँग लो।"

"माफ़ करना बेयार्डो, लेकिन तुम जवान लोग दिल की बातें समझते ही नहीं," विधुर ने कहा।

बेयार्डो सान रोमान ने पलक भी नहीं झपकी।

"चलो, पाँच हज़ार पेसो?" उसने कहा।

"तुम सीधे मुद्दे पर आ गए," विधुर ने जवाब दिया; यह अब उसकी प्रतिष्ठा का सवाल बन गया था। "इतनी क़ीमत कम है घर की।"

"दस हज़ार," बेयार्डो सान रोमान ने कहा। "अभी, इसी समय और नक़द।"

विधुर की आँखें भर आई थीं। उसने उसकी ओर देखा। "वह ग़ुस्से के मारे रो रहे थे," मुझे डॉक्टर दिओनिसिओ इगुआरान ने बताया जो डॉक्टर होने के साथ-साथ साहित्यिक व्यक्ति भी थे। "ज़रा सोचो, इतनी बड़ी रकम, बस माँगने भर की देर और मना करना पड़े सिर्फ़ दिल के कारण।" विधुर यीउस की आवाज़ नहीं निकली लेकिन उसने सिर हिलाकर मना कर दिया।

"तो फिर एक आख़िरी एहसान करो, मेरे लिए यहाँ पाँच मिनट इन्तज़ार करो।" बेयार्डो सान रोमान ने कहा।

पाँच मिनट बाद, चाँदी से सजे बॉक्स को लेकर वह क्लब लौटा और उसने हज़ार पेसो के दस बंडल मेज़ पर रख दिये, जिन पर अभी भी

बैंक की पर्ची लगी हुई थी। दो महीने बाद विधुर यीउस चल बसा। "वह इसी वजह से मरा," डॉक्टर दिओनिसिओ इगुआरान ने कहा। "वह हम सबसे ज़्यादा स्वस्थ था लेकिन जब स्टेथोस्कोप से सुना तो उसके दिल में आँसुओं की घरघराहट सुनाई दे रही थी।" उसने न सिर्फ़ घर बेचा, सब चीज़ों के साथ, बल्कि उसने बेयार्डो सान रोमान को कहा कि पैसा थोड़ा-थोड़ा करके दे क्योंकि इतना पैसा रखने के लिए उसके पास एक सन्दूक़ तक नहीं बचा है।

कोई सोच भी नहीं सकता था और ना ही किसी ने कहा कि आंखेला विकारियो कुमारी नहीं थी। उसका कोई बॉयफ्रेंड भी नहीं रहा था और वह बहनों के साथ माँ की कड़ी निगरानी में बड़ी हुई थी। यहाँ तक कि पुरा विकारियो ने शादी के दो महीने पहले भी उसे अपना होने वाला घर देखने बेयार्डो सान रोमान के साथ अकेले नहीं जाने दिया था; आंखेला विकारियो की इज़्ज़त की हिफ़ाज़त के लिए उसकी माँ और अंधे पिता साथ गए थे। "मैंने भगवान से बस एक ही चीज़ माँगी और वो थी ख़ुद की जान लेने की हिम्मत," आंखेला विकारियो ने मुझसे कहा। "लेकिन भगवान ने वो हिम्मत भी नहीं दी मुझे।" वह इतनी परेशान थी कि अपना मन हल्का करने के लिए उसने अपनी माँ को सच बताने का फ़ैसला कर लिया था लेकिन कपड़े के फूल बनाने में उसकी मदद करने वाली दो सहेलियों ने उसे ऐसा करने से रोक लिया। "मैंने आँख बन्द करके उनकी बात मान ली," आंखेला विकारियो ने मुझसे कहा, "क्योंकि उन्होंने मुझे विश्वास दिलाया था कि वे आदमियों की हरकतों से भली-भाँति परिचित हैं।" उन्होंने आंखेला विकारियो को आश्वस्त किया था कि सभी लड़कियाँ बचपन में किसी-ना-किसी हादसे के चलते कौमार्य खो देती हैं। उन्होंने उसे इस बात का भरोसा दिलाया कि सबसे टेढ़ा पति भी समझौता कर लेता है अगर बाहर किसी को पता न चले। आख़िरकार उन्होंने आंखेला विकारियो

को विश्वास दिला दिया कि सुहागरात में अधिकतर मर्द इतने डरे होते हैं कि औरत की मदद के बिना कुछ कर ही नहीं पाते और निर्णायक क्षण में अपने कृत्य पर कुछ भी कहने के क़ाबिल नहीं रहते। "वे सिर्फ़ उस पर विश्वास करते हैं जो उन्हें चादर पर नज़र आता है," उन महिलाओं ने आंखेला विकारियो को बताया था। उन्होंने आंखेला विकारियो को कौमार्य साबित करने के नानी-दादी के नुस्ख़े सिखा दिये ताकि सुहागरात की अगली सुबह वह अपने घर के आँगन में इज़्ज़त की छींटों वाली चादर लहरा सके।

भ्रम की इसी अवस्था में उसने शादी के लिए हाँ कह दी। उधर, बेयार्डो सान रोमान पैसे और ताक़त के ग़रूर में ख़ुशी ख़रीदने के भ्रम में शादी कर रहा था, जैसे-जैसे शादी का जश्न मनाने की योजना बढ़ती गई वैसे-वैसे उसे शादी को और भव्य बनाने का ख़याल आता गया। जब बिशप के आने की ख़बर आई तो उसने शादी को एक दिन टालना चाहा ताकि उनकी शादी बिशप करवाएँ लेकिन आंखेला विकारियो ने इसका विरोध किया। "असल में," उसने मुझसे कहा, "सच तो यह है कि मैं उस आदमी का आशीर्वाद नहीं चाहती थी जो सूप के लिए मुर्ग़ों की कलगी काटकर बाक़ी मुर्ग़े को कचरे के ढेर में फेंक देता है।" लेकिन बिशप के आशीर्वाद के बिना भी उनकी शादी का उत्सव अपने-आप ही इतना फैल गया कि बेयार्डो सान रोमान के भी नियंत्रण से बाहर हो गया और एक सार्वजनिक उत्सव बन गया।

जनरल पेत्रोनियो सान रोमान और उनका परिवार नेशनल काँग्रेस की परम्परागत नाव में आए थे जो उत्सव के अन्त तक डॉक पर बँधी रही। उनके साथ कई विशिष्ट अतिथि भी आए थे लेकिन इतने नये चेहरों के बीच उन पर किसी ने ध्यान नहीं दिया। इतने तोहफ़े आए कि उनमें से सबसे शानदार तोहफ़े दिखाने के लिए बन्द पड़े बिजलीघर को फिर से शुरू करना पड़ा और बाक़ी तोहफ़े नये जोड़े के लिए तैयार किये गए

विधुर यीउस के पुराने घर ले जाए गए। दूल्हे को एक कन्वर्टिबल कार मिली जिस पर कम्पनी के नाम के साथ उसका नाम लिखा हुआ था। दुल्हन को एक सन्दूक़ में चौबीस लोगों वाला खालिस सोने का डिनर सेट मिला। वे एक बैले नृत्य कम्पनी और वाल्स संगीत वाले दो आर्केस्ट्रा भी साथ लाए; हालाँकि इन आर्केस्ट्रा की धुन और उत्सव के शोर-शराबे में डूबे लोकल बैंड और एकॉर्डीअन बजानेवालों में कोई तालमेल नहीं बैठ रहा था।

विकारियो परिवार ईंट और ताड़ की छत वाले एक मामूली से घर में रहता था जिसमें ऊपर दो बरसातियाँ थीं जहाँ जनवरी में अबाबील पक्षी अपने घोंसले बनाते थे। सामने गमलों से भरा एक आँगन था और एक बड़ा-सा बाड़ा जिसमें मुर्ग़ियाँ खुली घूमती थीं और फल के पेड़ थे। बाड़े में पीछे की तरफ़ जुड़वाँ भाइयों का सूअर-बाड़ा था। वहीं पर एक बलि पत्थर और अन्तड़ी निकालने के लिए मेज़ भी थी। पोनसियो विकारियो की आँखें चले जाने के बाद यह आमदनी का अच्छा ज़रिया बन गया था। यूँ तो पेद्रो विकारियो ने यह काम शुरू किया था लेकिन उसके फ़ौज में भर्ती होने के बाद उसके जुड़वाँ भाई ने कसाई का काम सीख लिया था।

घर में रहने के लिए चूँकि पर्याप्त जगह नहीं थी इसलिए जब उसकी बड़ी बहनों को पता चला कि शादी का जश्न कितने बड़े पैमाने पर होने वाला है तो उन्होंने किराये पर घर लेने की कोशिश की। "ज़रा सोचो," आंखेला विकारियो ने मुझसे कहा, "उन्होंने प्लासीदा लिनेरो के घर के बारे में सोचा था लेकिन ख़ुशक़िस्मती से मेरे माता-पिता अपना पुराना राग अलापते रहे कि हमारी बेटियों की शादी हमारे सूअर-बाड़े से ही होगी, वरना नहीं होगी।" इसलिए घर को पहले की तरह पीले रंग से रँगा गया, दरवाज़े ठीक किये गए, फ़र्श ठीक हुआ और जैसे-तैसे घर को शादी के लायक बना दिया गया। दोनों भाई सूअरों को कहीं और ले गए,

सूअर बाड़े को चूने से साफ़ किया गया फिर भी वहाँ पर्याप्त जगह नहीं थी। आख़िरकार, बेयार्डो सान रोमान की मदद से उन्होंने बाड़े के घेरे को तोड़ा, नृत्य-मंडली के लिए पड़ोसियों का घर लिया गया और बैठने व खाने के लिए इमली के पेड़ों के नीचे बेंच लगा दिये गए।

एकमात्र अप्रत्याशित घटना जो घटी वह शादी की सुबह दूल्हे की वजह से हुई, जिसने आने में दो घंटे देर कर दी और आंखेला विकारियो ने तब तक तैयार होने से इनकार कर दिया जब तक वह दूल्हे को घर में ना देख ले। "ज़रा सोचो," उसने मुझसे कहा, "नहीं आता तो भी मैं ख़ुश होती लेकिन मुझे मंज़ूर नहीं था कि मैं तैयार हो जाऊँ और वह न आए।" उसकी चिन्ता स्वाभाविक थी क्योंकि लोगों की नज़रों में किसी भी महिला के लिए शादी के जोड़े में छोड़े जाने से ज़्यादा शर्मनाक बात कोई नहीं थी। दूसरी तरफ़ आंखेला विकारियो के कुमारी न होते हुए भी घूँघट ओढ़ने और नारंगी फूल लेने की जुर्रत को बाद में पवित्रता की अवज्ञा के तौर पर देखा जाएगा। सिर्फ़ एक मेरी माँ थीं जिन्होंने उसकी हिम्मत की दाद दी कि अन्त तक वह अपने पत्ते अपने हिसाब से चलने पर डटी रही। "उन दिनों," माँ ने मुझे समझाया, "भगवान सब समझते हैं।" दूसरी तरफ़ किसी को नहीं पता था बेयार्डो सान रोमान कौन से पत्ते चल रहा था। डबल ब्रेस्ट का कोट और टोपी पहनकर पहुँचने से लेकर जब तक वह पार्टी से अपनी यातना के जीव के साथ निकल नहीं गया, तब तक वह एक ख़ुशहाल दूल्हे की मूरत लग रहा था।

यह भी किसी को नहीं मालूम था कि सान्तियागो नासार कौन से पत्ते खेल रहा था। क्रिस्तो बेदोया और अपने भाई लुईस एनरिक के साथ मैं सारा समय उसके साथ था, चर्च में, जश्न में और हम में से किसी ने भी उसके भाव में कोई बदलाव नहीं देखा। मैंने यह बात कई बार दोहराई है कि हम चारों स्कूल में साथ थे, साथ बड़े हुए और छुट्टियाँ भी साथ

बिताते थे; और कोई यह नहीं मान सकता था कि हमारे बीच में कोई ऐसा राज़ हो जो एक-दूसरे को न बताएँ, ख़ासकर तब जब राज़ इतना बड़ा हो।

सान्तियागो नासार पार्टी करने में विश्वास रखता था और अपनी मौत से एक शाम पहले शादी के ख़र्चे का अनुमान लगा रहा था। उसने अन्दाज़ा लगाया था कि चर्च में चौदह शानदार शव यात्राओं के बराबर के ख़र्च की फूल-सज्जा हुई थी। इतना सटीक हिसाब कई साल तक मेरे ज़ेहन में बना रहने वाला था क्योंकि सान्तियागो नासार ने मुझसे कहा था कि उसके लिए बन्द कमरे में फूलों की महक मौत से जुड़ी थी और उस दिन चर्च जाते हुए उसने यह बात दोहराई थी। "मेरी शव यात्रा में मुझे फूल नहीं चाहिए," उसने मुझसे कहा, इस बात से बेख़बर कि अगले दिन ही मुझे उसकी बात का पालन करना होगा। चर्च से विकारियो परिवार के घर जाते समय उसने सड़क पर लगी फूलमाला का हिसाब जोड़ा, संगीत और पटाख़ेबाज़ी की क़ीमत जोड़ी और पार्टी में स्वागत के लिए हम पर छिड़के गए कच्चे चावल की क़ीमत भी लगा ली। अलसाई-सी दोपहर में नवविवाहित जोड़ा बाड़े में घूमकर सबसे मिल रहा था। बेयार्डो सान रोमान हमारा अच्छा दोस्त बन गया था। जैसा उन दिनों कहते थे, "ड्रिंकिंग बडी" मतलब साथ में दारू पीने वाले लोग। वह हमारे साथ काफ़ी बेतकल्लुफ़ मालूम पड़ रहा था। अपने घूँघट और शादी के गुलदस्ते के बिना, पसीने से भीगी साटन की ड्रेस में आंखेला विकारियो शादीशुदा महिला लग रही थी। सान्तियागो नासार ने पूरा हिसाब लगाकर बेयार्डो सान रोमान को बताया कि अब तक शादी में क़रीब नौ हज़ार पेसो ख़र्च हो चुके थे। ज़ाहिर है आंखेला को यह बात ठीक नहीं लगी, उसकी नज़र में यह बदतमीज़ी थी। "मेरी माँ ने मुझे सिखाया है कि दूसरों के सामने कभी पैसे की बात नहीं करनी चाहिए," उसने मुझसे कहा। दूसरी तरफ़ बेयार्डो सान रोमान ने बुरा नहीं माना बल्कि उसे तो गर्व हो रहा था।

"हाँ, तक़रीबन," उसने कहा। "लेकिन यह तो अभी शुरुआत है। जब सब हो जाएगा तो ख़र्च लगभग इसका दोगुना होगा।"

सान्तियागो नासार ने आख़िरी ख़र्चे तक हिसाब जोड़ने की पेशकश की। उसकी ज़िन्दगी में बस उतनी ही काफ़ी था। अगली सुबह, उसकी मौत से पैंतालीस मिनट पहले, क्रिस्तो बेदोया ने डॉक पर उसे जो हिसाब दिया था, उसे जोड़कर सान्तियागो नासार ने बताया था कि बेयार्डो सान रोमान का अनुमान सही था।

शादी के जश्न के बारे में मुझे ठीक से याद नहीं था लिहाज़ा दूसरों की मदद से टुकड़ों में यादों को जोड़ने का फ़ैसला किया। मेरे घर में वर्षों तक चर्चा चलती रही थी कि कैसे मेरे पिता दूल्हा-दुल्हन के सम्मान में वायलिन पर अपने बचपन की धुन बजाने लगे थे, और मेरी बहन ने अपने नन वाले कपड़ों में मेरेंग्यू नृत्य किया था। मेरी माँ के रिश्ते के भाई डॉक्टर दिओनिसिओ इगुआरान ने उन्हें सरकारी नाव पर साथ ले जाने की बात कर ली थी ताकि जब अगले दिन बिशप आएँ तो वे यहाँ ना रहें। इस पूरी घटना की खोजबीन के दौरान मैं कई सारे छोटे-छोटे ग़ैर-मामूली अनुभवों से भी अवगत हुआ जिसमें बेयार्डो सान रोमान की बहनों की स्मृतियाँ थीं, वो बहनें जिनकी शनील की ड्रेस और उन पर पीछे सोने के जड़ाऊ पिन से लगे तितलियों के बड़े-बड़े पंख उनके पिता के सिर पर सुशोभित टोपी और युद्ध के मेडल पर भारी पड़ रहे थे। बहुत लोगों को पता था कि जश्न के इस तमाशे में मैंने मरसेदेस बारचा को शादी का प्रस्ताव दिया था जबकि अभी उसने बमुश्किल प्राइमरी स्कूल ही ख़त्म ही किया था और चौदह साल बाद भी वह मुझे उसकी याद दिलाने वाली थी जब हमारी शादी हुई। उस मनहूस इतवार की जो छवि मुझे सबसे साफ़ याद है, वह है बाड़े के बीच में स्टूल पर अकेले बैठे बूढ़े पोनसिओ विकारियो की। शायद उन्हें सम्मान देने के इरादे से वहाँ बैठाया गया था लेकिन मेहमान

उनसे टकरा रहे थे, कोई और समझ रहे थे, फिर उनका स्टूल खिसकाकर कोने में कर दिया गया ताकि रास्ते में ना पड़े, वह बस सिर हिला रहे थे, चेहरे पर प्रकट हो रहे हाल ही में अन्धे होने के अनियत भाव के साथ। अपनी विस्मृत दुनिया में ख़ुश, कलफ़ लगाई गई कार्डबोर्ड जैसी कड़क कमीज़ पहने तथा पार्टी के लिए ख़ासतौर पर ख़रीदी गई अपनी लकड़ी की लाठी पकड़े। वे उन सवालों के जवाब दे रहे थे जो उनसे पूछे ही नहीं गए थे, और उनको हाथ हिला रहे थे जिन्होंने उन्हें पूछा तक नहीं था।

शाम छह बजे ख़ास मेहमानों ने विदा ली और औपचारिक पार्टी ख़त्म हुई। जब नाव निकली तो उसकी सब बत्तियाँ जल रही थीं और पियानो पर वाल्स संगीत बज रहा था। पल-भर के लिए हम सब अनिश्चितता की आग़ोश में खो गए और फिर हमने एक-दूसरे को पहचाना और एक बार फिर जश्न की जद्दोजहद में डूब गए। थोड़ी देर बाद बिना छत की कार में नव वर-वधू भी आ पहुँचे। उस हँगामे में उन्हें रास्ता बनाने में दिक़्क़त हो रही थी। बेयार्डो सान रोमान ने रॉकेट छोड़े, लोगों द्वारा पकड़ाई गई देसी शराब की बोतल से कई घूँट भरे और 'कुम्बियामबा' नृत्य में भाग लेने के लिए आंखेला विकारियो के साथ कार से नीचे उतरा। अन्त में उसने हम सबसे उसके ख़र्चे पर तब तक नाचने को कहा जब तक साँस चले और अपनी सहमी हुई पत्नी को अपने सपनों के घर ले गया जहाँ कभी विधुर यीउस ख़ुश रहा करता था।

आधी रात के आसपास सार्वजनिक नाचने-गाने का कार्यक्रम काफ़ी हद तक छँट गया और सिर्फ़ क्लोतील्द आर्मेन्ता की दुकान के चौक के एक तरफ़ ही लोग इकट्ठा थे। सान्तियागो नासार और मैं, मेरे भाई लुईस एनरिक और क्रिस्तो बेदोया के साथ मारिया अलेखनद्रीना सेरवांतेस के कहने पर उसके घर चले गए। और भी कई लोग जैसे विकारियो बन्धु भी वहाँ गए और सान्तियागो नासार की हत्या के पाँच घंटे पहले तक उसके साथ

बैठकर दारू पी और गाने भी गाए। पार्टी के कुछ शोले अभी भी बचे रहे होंगे क्योंकि सब तरफ़ से संगीत की कुछ लहरें और लड़ाई-झगड़े का शोर दूर से हम तक पहुँच रहे थे, हालाँकि हर पल पहले से ज़्यादा उदासीन था और बिशप की नाव की सीटी बजने के कुछ पहले बन्द हो गया।

पुरा विकारियो ने मेरी माँ को बताया कि बड़ी बेटियों की मदद से घर को थोड़ा-बहुत समेटकर वह क़रीब ग्यारह बजे सोने गई। दस बजे के क़रीब, जब चौक में कुछ शराबी तब भी गा रहे थे, आंखेला विकारियो ने अपने कमरे में रखी निजी सामान वाली छोटी अटैची लेने किसी को भेजा और उसने रोज़मर्रा के कपड़ों की एक अटैची भी मँगवाई, लेकिन जो आदमी आया था वह जल्दी में था। जब दरवाज़े पर दस्तक हुई तब पुरा विकारियो गहरी नींद में थी। "हल्के से तीन दस्तक दी गई थीं," उन्होंने मेरी माँ को बताया, "लेकिन उनमें बुरी ख़बर की बू थी।" उन्होंने बताया कि बिना बत्ती जलाए ही उन्होंने दरवाज़ा खोला ताकि कोई उठ न जाए और सड़क की रोशनी में उन्होंने बेयार्डो सान रोमान को देखा; उसकी रेशमी कमीज़ के बटन खुले हुए थे और पैंट गेलिस से अटकी हुई थी। "उसकी आँखों में सपनों की हरियाली थी," पुरा विकारियो ने मेरी माँ को बताया। आंखेला विकारियो अँधेरे में थी और तब नज़र आई जब बेयार्डो सान रोमान ने बाजू पकड़कर उसे रोशनी में घसीटा। उसकी साटन ड्रेस फटी हुई थी और कमर तक तौलिया लिपटा हुआ था। पुरा विकारियो को लगा कि शायद उनकी गाड़ी सड़क से हटकर खाई में गिर गई हो और वे वहाँ मरे पड़े हों।

"हे भगवान!" वह डर के मारे चीख़ उठी। "अगर इस दुनिया में हो तो कुछ करो!"

बेयार्डो सान रोमान अन्दर नहीं आया लेकिन बिना एक भी शब्द कहे अपनी पत्नी को हौले से घर में धकेल दिया। फिर उसने पुरा विकारियो

का गाल चूमा और हारी हुई आवाज़ में, लेकिन प्यार से कहा, "सब कुछ करने के लिए शुक्रिया, माँ। आप बहुत महान हो।"

सिर्फ़ पुरा विकारियो को मालूम था कि अगले दो घंटे उसने क्या किया और मरते दम तक उसने किसी से कुछ नहीं कहा। "मुझे सिर्फ़ इतना याद है कि उन्होंने एक हाथ से मेरे बाल पकड़ रखे थे और दूसरे से मुझे इतने ग़ुस्से से पीट रही थीं कि मुझे लगा कि मुझे मार ही देंगी," आंखेला विकारियो ने मुझे बताया। लेकिन यह भी उन्होंने इतनी तरक़ीब से किया कि दूसरे कमरे में सो रहे उनके पति और बड़ी बेटियों को भोर होने तक ख़बर भी नहीं लगी तब तक अनर्थ हो चुका था।

विकारियो बन्धु तीन बजे के आसपास माँ के बुलावे पर लौटे और उन्होंने आंखेला विकारियो को डाइनिंग रूम के सोफ़े पर औंधे मुँह पड़े पाया, उसके चेहरे पर नील पड़े हुए थे लेकिन अब वह रो नहीं रही थी। "अब मुझे डर नहीं लग रहा था," आंखेला ने मुझे बताया। "बल्कि मुझे तो ऐसा लग रहा था कि मौत की तंद्रा अब ख़त्म हो गई थी और मैं सिर्फ़ इतना चाहती थी कि सब जल्दी से निपट जाए ताकि मैं चैन से सो सकूँ।" भाइयों में ज़्यादा तन्दुरुस्त, पेद्रो विकारियो ने आंखेला विकारियो को कमर से पकड़कर हवा में उठाया और खाने की मेज़ पर बैठा दिया।

"सुनो लड़की, बताओ कौन था?" ग़ुस्से से काँपते हुए उसने कहा।

उसने बस नाम लेने भर का समय लिया। उसने मन में दबी परछाइयों में, अँधेरे में ढूँढ़ा और इस दुनिया व दूसरी दुनिया के ढेर सारे नामों के बीच जो एक नाम उसे दिखाई दिया उस पर तीर से सटीक निशाना साधा, अपनी क़िस्मत में मौत लिखवा आई तितली की तरह।

"सान्तियागो नासार," उसने कहा।

वकील अपनी दलील पर क़ायम रहा कि हत्या प्रतिष्ठा की हिफ़ाज़त में की गई जायज़ हत्या थी और अदालत ने नेकनीयती के सिद्धान्त को माना भी। मुक़दमे के अन्त में विकारियो बन्धुओं ने ऐलान किया कि ज़रूरत पड़ी तो ऐसा होने पर वे हज़ार बार भी ऐसा ही करेंगे। क़त्ल करने के तुरन्त बाद चर्च में आत्मसमर्पण करते हुए ही उन्होंने संकेत दिया था कि उनका वकील उनकी सफ़ाई में क्या दलील पेश करेगा। वे लोग हाँफते हुए पादरी के घर में जा घुसे, उनके पीछे उत्तेजित अरबों का झुंड भी आ पहुँचा और उन्होंने अपने साफ़ छुरे, फ़ादर अमादोर की मेज़ पर रख दिये। दोनों मौत के इस जघन्य कृत्य से थके हुए थे, कपड़े और बाजू भीगे हुए थे और चेहरे पर पसीना तथा ताज़ा ख़ून पुता हुआ था। पादरी ने उस आत्मसमर्पण को गरिमापूर्ण क़रार दिया।

"हमने उसे पूरे होशोहवास में मारा," पेद्रो विकारियो ने कहा। "लेकिन हम बेक़सूर हैं।"

"शायद भगवान की नज़रों में," फ़ादर अमादोर ने कहा।

"भगवान और इनसान की नज़रों में," पाब्लो विकारियो ने कहा। "इज़्ज़त का सवाल था।"

इसके अलावा, घटना की पुनर्रचना करते समय वे बहुत हद तक हक़ीक़त से ज़्यादा ख़ून के प्यासे लग रहे थे कि प्लासीदा लिनेरो के घर के सामने वाले दरवाज़े छुरियों की मार से इस कदर उखड़ गए थे कि उनको ठीक करने के लिए सार्वजनिक फंड से पैसा ख़र्च करना पड़ा था। रिओआचा के पनोप्टिकॉन (ऐसी जगह जहाँ क़ैदियों पर निग़ाह रखी जाती है यानी जेल) में, जहाँ उन्होंने मुक़दमे के ख़त्म होने के इन्तज़ार में तीन साल गुज़ारे थे, क्योंकि उनके पास ज़मानत के लिए पैसे नहीं थे, वहाँ के पुराने क़ैदी उनको अच्छे औ़ मिलनसार शख़्स के तौर पर याद करते हैं, लेकिन उन लोगों ने दोनों भाइयों को कभी भी किसी तरह का पश्चात्ताप करते नहीं देखा था। ख़ैर, फिर भी यह लग रहा था कि बिना आम लोगों से बातचीत किये विकारियो बन्धुओं का सान्तियागो नासार का क़त्ल करना सही नहीं था, हालाँकि यह भी सच था कि उन्होंने बेहिसाब कोशिश की थी कि कोई उन्हें उसका क़त्ल करने से रोक ले, पर ऐसा नहीं हुआ।

उन लोगों ने कई साल बाद मुझे बताया कि उन्होंने सान्तियागो नासार को ढूँढ़ने की शुरुआत मारिया अलेखनद्रीना सेरवांतेस के यहाँ से की, जहाँ वे लोग दो बजे रात तक उसके साथ थे। दूसरे बहुत से तथ्यों की तरह इस बात का भी ज़िक्र रिपोर्ट में नहीं था। असल में, जब विकारियो बन्धु सान्तियागो नासार को खोजते हुए वहाँ पहुँचे थे तो वह वहाँ इसलिए नहीं था क्योंकि हम लोग टोली बनाकर रात को प्रेमगीत गाने निकल गए थे। हालाँकि यह भी ज़रूरी नहीं कि वे वहाँ गए ही हों। "वे आए होते तो यहाँ से जाते नहीं," मारिया अलेखनद्रीना सेरवांतेस ने मुझसे कहा और चूँकि मैं उसको भली-भाँति जानता हूँ इसलिए मैं इस बात को मान सकता हूँ। उसका इन्तज़ार करने के लिए वे लोग क्लोतील्द आर्मेन्ता के यहाँ गए जहाँ उन्हें पता था कि सान्तियागो नासार के अलावा सब आएँगे। "एक वही जगह खुली थी," उन्होंने जाँचकर्ता से कहा। "देर-सवेर उसे यहाँ आना

ही था," दोषमुक्त होने के बाद उन्होंने मुझे बताया था। जो भी हो, सब जानते थे कि प्लासीदा लिनेरो के घर के सामने का दरवाज़ा हमेशा अन्दर से बन्द रहता था, दिन में भी। सान्तियागो नासार के पास हमेशा पीछे के दरवाज़े की चाबी होती थी। जब वह वापस घर आया तो उसी दरवाज़े से वह अन्दर दाख़िल हुआ। जबकि विकारियो बन्धु एक घंटे से ज़्यादा दूसरी तरफ़ उसका इन्तज़ार करते रहे। बाद में बिशप के आगमन के लिए चौक की तरफ़ वाले दरवाज़े से उसका निकलना उसके स्वभाव के इतना प्रतिकूल था कि जाँचकर्ता को समझ में ही नहीं आया।

कभी कोई मौत इतनी ऐलानिया नहीं रही। उनकी बहन ने जब उनके सामने नाम का खुलासा किया तो विकारियो बन्धु सूअर के बाड़े में उस डिब्बे तक गए जहाँ वे अपने हथियार रखते थे और अपने सबसे बेहतर दो छुरे उठाए—एक दस इंच लम्बा और ढाई इंच चौड़ा, काटने वाला छुरा; और दूसरा जो सफ़ाई के लिए था, सात इंच लम्बा और डेढ़ इंच चौड़ा। उन्होंने छुरों को एक गंदे कपड़े में लपेटा और धार बनाने मुर्ग़ा मंडी गए, जहाँ कुछ दुकानें अभी खुल ही रही थीं। अभी इतनी जल्दी ज़्यादा ग्राहक भी आए नहीं थे फिर भी बाईस लोगों ने कहा कि उन्होंने वह सब कुछ सुना जो कहा गया था, और सबका मानना था कि विकारियो बन्धुओं ने ऐसा सिर्फ़ इसलिए बोला था ताकि सब सुन लें। एक कसाई दोस्त, फ़ॉस्तीनो सान्तोस, ने उन्हें तीन बजकर बीस मिनट पर आते देखा था, उस वक़्त वह अपनी मेज़ लगा ही रहा था जिस पर वह कटे हुए जानवर को साफ़ करता था। उसे समझ नहीं आया कि सोमवार के दिन, वो भी इतनी जल्दी वे क्यों आए, और उन्हीं गहरे रंग के सूट में जो उन्होंने शादी में पहने थे। उसे उन्हें शुक्रवार के दिन, थोड़ा देर से, सूअर काटने के पहले पहने जाने वाले चमड़े के एप्रन में देखने की आदत थी। "मुझे लगा कि वे काफ़ी नशे में थे, इसलिए वे न केवल समय भूल गए बल्कि दिन भी

याद नहीं रहा।" फ़ॉस्तीनो सान्तोस ने मुझसे कहा, उसने उन्हें याद दिलाया कि सोमवार का दिन है।

"सबको मालूम है मूर्ख," पाब्लो विकारियो ने शालीनता से कहा। "हम तो बस चाकू तेज़ करने आए हैं।" हमेशा की तरह उन्होंने सान तेज़ करने वाली मशीन पर छुरों की धार बनाई; पेद्रो ने छुरे पकड़े और पत्थर की ओर रुख़ किया, पाब्लो ने मशीन घुमाई। वे उस वक़्त बाक़ी कसाइयों को बता रहे थे कि शादी कितनी शानदार रही। कुछ ने शिकायत की कि सहयोगी होने के बावजूद उन्हें शादी का केक नहीं मिला, तो जुड़वाँ भाइयों ने बाद में केक भिजवाने का वादा किया। आख़िरकार उनके छुरे पत्थर पर घरघराने लगे। पाब्लो ने जब अपना छुरा लैम्प के बग़ल में रखा तो उसका स्टील जगमगा उठा।

"हम सान्तियागो नासार का क़त्ल करने वाले हैं," उसने कहा।

वे इस कदर नेक इनसान माने जाते थे कि किसी ने भी उनकी बात पर ध्यान नहीं दिया। "हमें लगा कि वे नशे में बड़बड़ा रहे है," विक्तोरिया गुज़मान और बाद में उनसे मिलने वाले कई लोगों ने भी कसाइयों की बात की तसदीक़ की। बाद में मैंने कसाइयों से पूछा था कि कसाई होने की वजह से क्या इनसान में क़त्ल करने की प्रवृत्ति की झलक नहीं मिलती। उन्होंने इस बात पर एतराज़ जताया। "जब आप गाय काटते हैं तो आप उससे नज़रें नहीं मिलाते।" उनमें से एक ने मुझे बताया कि जिस गाय को वह जिबह करता है, उसका गोश्त वह नहीं खा पाता है। दूसरे ने कहा कि अगर वह गाय को पहले से जानता हो तो उसे जिबह नहीं कर सकता और अगर उसका दूध पिया हो तब तो बिलकुल ही नहीं। मैंने उन्हें याद दिलाया कि विकारियो बन्धु तो वही सूअर काटते थे जो पालते थे और यहाँ तक कि उनको नाम भी देते थे। "यह तो सच है," उनमें से एक ने जवाब दिया, "लेकिन वे उन्हें इनसानों वाले नाम नहीं देते थे, बल्कि फूलों के

नाम देते थे।" सिर्फ़ एक फ़ॉस्तीनो सान्तोस था जिसे पाब्लो विकारियो की धमकी सच्ची लगी थी और उसने हँसते हुए पूछा था कि सान्तियागो नासार को ही क्यों मारना है, जब इतने अमीर लोग हैं जिन्हें पहले मरना चाहिए।

"सान्तियागो नासार को वजह पता है," पेद्रो विकारियो ने जवाब दिया।

फ़ॉस्तीनो सान्तोस ने मुझे बताया था कि जब उसका मन नहीं माना तो थोड़ी देर में मेयर के नाश्ते के लिए एक पाउंड कलेजी लेने आए पुलिसवाले को उसने यह बात बता दी। रिपोर्ट के हिसाब से उस पुलिसवाले का नाम लेआंद्रो पोर्नोय था और अगले साल ही राष्ट्रीय पर्व के दौरान एक साँड़ के हमले से उसकी मौत हो गई थी। इसलिए मैं उससे कभी बात नहीं कर पाया लेकिन क्लोतील्द आर्मेन्ता ने पुष्टि की कि जब विकारियो बन्धु उसकी दुकान में बैठे इन्तज़ार कर रहे थे, तब लेआंद्रो पोर्नोय ही पहला ग्राहक था।

क्लोतील्द आर्मेन्ता ने उसी वक़्त अपने पति की जगह दुकान सँभाली थी। यह उनका रोज़ का नियम था। दुकान में सुबह दूध बिकता था, दिन में राशन जबकि शाम को छह बजे के बाद वह बार में तब्दील हो जाती थी। क्लोतील्द आर्मेन्ता सुबह साढ़े तीन बजे दुकान खोलती थी और उसका पति, भला मानुस, डॉन रोखेलिओ दे ला फ्लोर शाम को बार चलाता था, देर रात बन्द होने तक। लेकिन उस रात शादी के चलते इतने ग्राहक आते गए कि वह दुकान बन्द किये बिना ही तीन बजे सोने चला गया। तब तक क्लोतील्द आर्मेन्ता उठ चुकी थी क्योंकि वह बिशप के आने से पहले अपना काम ख़त्म करना चाहती थी।

विकारियो बन्धु चार बजकर दस मिनट पर आए। उस समय सिर्फ़ खाने की चीज़ों की बिक्री होती थी लेकिन क्लोतील्द आर्मेन्ता ने उन्हें देसी शराब की एक बोतल बेची क्योंकि वह न केवल उनकी इज़्ज़त करती थी बल्कि शादी का केक भेजने के लिए उनकी शुक्रगुज़ार भी थी। दो लम्बे

घूँट में पूरी बोतल ख़त्म करने के बाद भी वे भावहीन बने रहे। "परेशान लग रहे थे," क्लोतील्द आर्मेन्ता ने मुझे बताया, "और वे अगर चाहते भी तो बिजली के झटके से भी उनमें ऊर्जा नहीं आ सकती थी।" फिर उन्होंने अपने कोट उतारे, सलीक़े से कुर्सी के पीछे टाँगे और उससे एक बोतल और माँगी। उनकी क़मीज़ें सूख चुके पसीने से गंदी थीं, और बढ़ी हुई दाढ़ी की वजह से वे बेतरतीब लग रहे थे। दूसरी बोतल उन्होंने धीरे-धीरे, बैठकर पी और लगातार सड़क के पार प्लासीदा लिनेरो के घर को घूरे जा रहे थे जहाँ सब खिड़कियों पर अँधेरा था। बालकनी वाली सबसे बड़ी खिड़की सान्तियागो नासार के कमरे की थी। पेद्रो विकारियो ने क्लोतील्द आर्मेन्ता से पूछा कि क्या उसने खिड़की में कोई रोशनी देखी थी? और उसका जवाब था नहीं। उसे उनका सवाल अटपटा लगा था।

"उसे कुछ हो गया है क्या?" क्लोतील्द आर्मेन्ता ने पूछा।

"नहीं," पेद्रो विकारियो ने कहा। "हम बस उसे ढूँढ़ रहे हैं, मारने के लिए।"

जवाब इतना सहज था कि उसे अपने कानों पर विश्वास ही नहीं हुआ। लेकिन उसने जुड़वाँ भाइयों के पास रसोई के कपड़े में लिपटे दो कसाई वाले छुरे ज़रूर देखे थे।

"और क्या मैं यह पूछने की गुस्ताख़ी कर सकती है कि तुम उसको इतनी सुबह क्यों मारना चाहते हो?" क्लोतील्द आर्मेन्ता ने पूछा।

"वह जानता है," पेद्रो विकारियो ने कहा।

क्लोतील्द आर्मेन्ता ने उन्हें गौर से देखा—वह उन्हें इतने अच्छे से जानती थी कि उनमें अन्तर कर सकती थी, ख़ासतौर से तब से जब से पेद्रो विकारियो फ़ौज से लौटा था। "दोनों छोटे बच्चे लग रहे थे," क्लोतील्द आर्मेन्ता ने मुझसे कहा। और यह सोचकर वह डर गई क्योंकि उसको हमेशा लगता था कि बच्चे कुछ भी कर सकते हैं। उसने जग में दूध भरा

और पति को जगाने गई ताकि उसे बता सके कि दुकान में क्या हो रहा था। डॉन रोखेलिओ दे ला फ्लोर ने आधी नींद में उसकी बात सुनी।

"बेवक़ूफ़ मत बनो," उसने कहा। "वे दोनों किसी को नहीं मारने वाले; किसी अमीर आदमी को तो क़तई नहीं। जब क्लोतील्द आर्मेन्ता दुकान पर लौटी तो दोनों भाई मेयर के लिए दूध लेने आए लेआंद्रो पोर्नोय से बात कर रहे थे। उन्होंने क्या बात की, वह सुन नहीं पाई लेकिन जिस तरह लेआंद्रो पोर्नोय ने जाते समय छुरों को देखा था, उससे क्लोतील्द आर्मेन्ता को लगा था कि उन्होंने अपने इरादों के बारे में उसे बताया होगा।

कर्नल लासारो अपोन्ते चार बजे से कुछ पहले ही उठा था। जब लेआंद्रो पोर्नोय ने उसे विकारियो बन्धुओं के इरादे के बारे में बताया, तब तक उसने बस दाढ़ी बनाकर ख़त्म ही की थी। पिछली रात उसने दोस्तों के बीच हुई इतनी लड़ाइयाँ सुलझाई थीं कि एक और की मध्यस्थता करने की उसे कोई जल्दी नहीं थी। वह आराम से तैयार हुआ, ठीक से बँध जाने तक अपनी बो टाई कई बार खोली और बाँधी। साथ ही बिशप का स्वागत करने के लिए गले में कॉन्ग्रीगेशन ऑफ़ मेरी का धार्मिक स्कंधवस्त्र भी पहना। जब वह प्याज़ के साथ पकाई गई कलेजी का नाश्ता कर रहा था तो उसकी पत्नी ने बड़े उत्साह से बताया कि बेयार्डो सान रोमान आंखेला विकारियो को उसके घर छोड़ गया था लेकिन कर्नल लासारो अपोन्ते ने उसकी बात पर ज़्यादा ध्यान नहीं दिया।

"हे भगवान, बिशप क्या सोचेंगे।" उसने मज़ाक़ किया।

लेकिन नाश्ता ख़त्म करते-करते उसे सिपाही की बात ध्यान हो आई, उसने दोनों ख़बरों को जोड़ा। उसने समझा कि दोनों ख़बरें पहेली के दो हिस्से थे जो एक-दूसरे के पूरक थे। फिर वह नये डॉक को जाने वाली सड़क से होते हुए चौक की तरफ़ गया, जहाँ बिशप के आगमन के लिए घरों में चहल-पहल शुरू हो गई थी। "मुझे काफ़ी अच्छे से याद है कि

लगभग पाँच बजे थे और बारिश शुरू हो रही थी," कर्नल लासारो अपोन्ते ने मुझे बताया। रास्ते में तीन लोगों ने उन्हें रोककर बताया कि विकारियो बन्धु सान्तियागो नासार का इन्तज़ार कर रहे थे, उसका क़त्ल करने के लिए, लेकिन एक ही आदमी बता पाया कि वे कहाँ थे।

उन्होंने दोनों भाइयों को क्लोतील्द आर्मेन्ता की दुकान पर पाया। "उनको देखा तो मुझे लगा कि ये महज़ डींग हाँकने वाले हैं और कुछ नहीं," उन्होंने अपने व्यक्तिगत तर्क के साथ मुझसे कहा, "क्योंकि वे वैसे नशे में नहीं थे जैसा मैंने सोचा था।" उनके इरादे क्या थे, यह जानने की कोशिश उन्होंने नहीं की; हालाँकि उनके छुरे उन्होंने ज़रूर ले लिये और उन्हें सोने भेज दिया। उन्होंने उनके साथ उसी बेफ़िक्री का-सा सलूक किया जो उन्होंने अपनी पत्नी की ख़बर पर दिखाई थी।

"ज़रा सोचो," उन्होंने विकारियो बन्धुओं से कहा, "तुम्हें इस हालत में देखकर बिशप क्या सोचेंगे!"

वे चले गए। मेयर का लापरवाह रवैया देखकर क्लोतील्द आर्मेन्ता को मायूसी हुई क्योंकि उसके हिसाब से सच सामने आने तक मेयर को उन्हें गिरफ़्तार कर लेना चाहिए था। कर्नल लासारो अपोन्ते ने अपनी बात को पुख़्ता करने के लिए क्लोतील्द आर्मेन्ता को ज़ब्त किये छुरे दिखाए।

"अब उनके पास मारने के लिए कुछ है ही नहीं," उन्होंने कहा।

"लेकिन उस कारण नहीं," क्लोतील्द आर्मेन्ता ने कहा। "उन बेचारे लड़कों को उस फ़र्ज़ से बचाना था जो उन पर लाद दिया गया था।"

क्लोतील्द आर्मेन्ता को अहसास हो गया था। उसे पक्का विश्वास था कि विकारियो बन्धु यह काम नहीं करना चाहते थे और ऐसा कोई इनसान खोज रहे थे जो उन्हें ऐसा करने से रोकने का एहसान कर दे। लेकिन कर्नल लासारो अपोन्ते की आत्मा शान्त थी।

"किसी को सिर्फ़ शक के आधार पर गिरफ़्तार नहीं किया जा

सकता," उन्होंने कहा। "अब बस सान्तियागो नासार को सचेत करना है; नया साल मुबारक़ हो।"

क्लोतील्द आर्मेन्ता हमेशा याद करती है कि कर्नल अपोन्ते के गोल-मटोल आकार को देखकर उसमें काफ़ी दया भावना जाग उठती थी लेकिन दूसरी तरफ़ मुझे वह एक ख़ुशमिज़ाज इनसान के तौर पर याद हैं, हालाँकि थोड़े खिसके हुए भी लगते थे क्योंकि उन्होंने पत्रों के माध्यम से एकाकी अध्यात्मवादी साधना सीखी थी। उस सोमवार उनका व्यवहार बेवकूफ़ी का सबूत था। सच तो यह है कि उन्हें सान्तियागो नासार का ख़याल तब आया जब उन्होंने उसे डॉक पर देखा और सही फ़ैसला करने के लिए ख़ुद की पीठ थपथपाई।

विकारियो बन्धुओं ने अपने इरादे दूध लेने गए दर्जन से ज़्यादा लोगों को बता दिये थे तथा सुबह छह बजे से पहले तक सब तरफ़ यह ख़बर फैला दी थी। क्लोतील्द आर्मेन्ता को इस बात पर यक़ीन नहीं था कि सामने वाले घर में इस बात की किसी को जानकारी ही नहीं थी। उसके हिसाब से सान्तियागो नासार वहाँ नहीं था क्योंकि उसने कमरे की बत्ती जलते नहीं देखी थी और जो कोई भी मिला क्लोतील्द आर्मेन्ता ने उसे सान्तियागो नासार को सचेत करने के लिए कहा। यहाँ तक कि नन के लिए दूध लेने आई नवदीक्षिता के हाथ उसने फ़ादर अमादोर को भी सन्देशा भिजवा दिया। चार बजे के बाद जब उसने प्लासीदा लिनेरो के घर की रसोई में बत्ती जलते देखी तो हताश होकर उसने दूध माँगने आने वाली भिखारिन के हाथ विक्तोरिया गुज़मान को भी एक आख़िरी सन्देश भेजा था। जब बिशप की नाव ने सीटी बजाई तो सब उनके स्वागत के लिए निकल पड़े। हमारे जैसे लोग बहुत कम थे जिन्हें कोई अन्दाज़ा नहीं था कि विकारियो बन्धु उसकी हत्या करने के लिए इन्तज़ार कर रहे हैं और कारण भी सब भली-भाँति जानते थे।

अभी क्लोतील्द आर्मेन्ता ने दूध बेचना ख़त्म भी नहीं किया था कि विकारियो बन्धु अख़बार में लिपटे दो और छुरे लेकर वापस लौटे। उनमें से एक जिबह करने के लिए था जिसकी मज़बूत पत्ती पर जंग लगा था, जो बारह इंच लम्बी और तीन इंच चौड़ी थी और जिसे पेद्रो विकारियो ने जड़ाऊ काम वाली आरी के लोहे से तब बनाया था जब युद्ध की वजह से जर्मन छुरियाँ मिलनी बन्द हो गई थीं। दूसरा छुरा छोटा था लेकिन चौड़ा और गोलाकार था। जाँचकर्ता ने अपनी रिपोर्ट में उनकी ड्रॉइंग बनाई थी, क्योंकि शायद उसका वर्णन करने में उसे दिक़्क़त हो रही होगी और उसने सिर्फ़ इतना ही कहा था कि वो खुखरी जैसी दिखती थी। अपराध इन्हीं छुरों से हुआ; दोनों ही कुछ ख़ास नहीं थे लेकिन इस्तेमाल बहुत हुए थे।

फ़ॉस्तीनो सान्तोस को समझ नहीं आया कि हुआ क्या। "वे दूसरी बार अपने छुरों की धार बनाने आए थे," उसने मुझे बताया, "और एक बार फिर उन्होंने सबको सुनाने के लिए चिल्लाकर कहा कि—वे सान्तियागो नासार का पेट चीरेंगे—तो मुझे लगा वे मज़ाक़ कर रहे हैं, और चूँकि मैंने उनके छुरों पर ध्यान नहीं दिया तो सोचा कि वे पहले वाले ही होंगे।" लेकिन इस बार क्लोतील्द आर्मेन्ता ने जैसे ही उन्हें दुकान में घुसते देखा उसे उनके इरादों में पहले जैसी मज़बूती नहीं दिखाई दी।

असल में, उनमें पहले ही मतभेद पैदा हो गए थे। वे बाहर से दिखने में जितने एक जैसे थे अन्दर से उतने ही अलग थे; संकट की घड़ी में दोनों का रवैया एकदम अलग होता था। हम लोगों को, यानी उनके बचपन के दोस्तों को तो यह बात हमेशा से पता थी। पाब्लो विकारियो अपने भाई से छह मिनट बड़ा था और किशोरावस्था से ही अपने भाई से ज़्यादा कल्पनाशील और मज़बूत था। पेद्रो विकारियो मुझे हमेशा से ज़्यादा भावुक और ज़्यादा दबंग लगता था। बीस साल की उम्र में दोनों फ़ौज में

भर्ती होने गए, लेकिन पाब्लो विकारियो को फ़ौज से छूट मिल गई ताकि वह घर पर रहकर अपने परिवार की देख-रेख कर सके। पेद्रो विकारियो ने ग्यारह महीने पुलिस विभाग में काम किया था। मौत के डर की वजह से गड़बड़ाई फ़ौजी मानसिकता ने भाई की भलाई के लिए फ़ैसले करने और दूसरों पर हुक़्म चलाने की उसकी आदत को और सुदृढ़ कर दिया था। इसके अलावा वह गोनोरिया नामक बीमारी के इलाज के लिए फ़ौज के बेहद तकलीफ़देह और डॉक्टर दिओनिसिओ इगुआरान के आर्सेनिक इंजेक्शन और परमैग्नेट की पेट धुलाई के उपचार को झेलकर आया था। केवल जेल में उसका इलाज सम्भव हो पाया था। हम लोग यानी उसके दोस्त इस बात पर एकमत थे कि जब से पेद्रो विकारियो फ़ौज से लौटा था पाब्लो विकारियो में छोटे भाई का अजीब-सा चिपकूपन आ गया था; पेद्रो विकारियो 'बैरक की आत्मा' अपने में समेटे वापस लौटा था। उसने शरीर की बाईं तरफ़ लगी गोली के निशान को किसी के भी कहने पर दिखाने के लिए शर्ट उठाना सीख लिया था। पाब्लो विकारियो ने तो अपने भाई के गोनोरिया, जिसे उसका भाई युद्ध-मेडल की तरह सीने से लगाए रहता था, पर भी अभिमान करना सीख लिया था।

पेद्रो विकारियो के बयान के मुताबिक़, उसने ही सान्तियागो नासार को मारने का फ़ैसला किया था और शुरू में तो उसका भाई सिर्फ़ उसकी मदद कर रहा था। लेकिन जब मेयर ने उनके छुरे ज़ब्त कर लिये तो पेद्रो विकारियो ही था जिसे लगा कि उनका फ़र्ज़ पूरा हो गया। तत्पश्चात पाब्लो विकारियो ने कमान सँभाली। दोनों में से किसी ने भी, इस मसले पर आपस के मतभेद का ज़िक्र नहीं किया। पाब्लो विकारियो ने कई बार मुझे बताया था कि इस फ़ैसले के लिए भाई को राज़ी करना आसान नहीं था। सम्भव था कि वह घबरा गया हो। लेकिन सच्चाई यह थी कि सूअर के बाड़े में छुरे लेने के लिए पाब्लो विकारियो अकेले ही गया था और

उसका भाई इमली के पेड़ के नीचे पेशाब की हर बूँद पर तड़प रहा था। "मेरे भाई को नहीं पता था कि मेरा क्या हाल है," पेद्रो विकारियो ने एक इंटरव्यू में मुझे बताया था, "ऐसा लगता था कि काँच के टुकड़े मूत रहा हो।" जब पाब्लो विकारियो छुरे लेकर लौटा तो भाई को पेड़ के तने से लिपटा पाया। "दर्द के मारे उसके पसीने छूट रहे थे," उसने मुझे बताया, "और उसने मुझे अकेले ही जाने को कहा क्योंकि वह किसी का क़त्ल करने की स्थिति में नहीं था।" वह शादी के खाने के लिए लगाई गई लकड़ी की बेंच पर बैठ गया और पतलून को घुटनों तक सरका लिया। "अपने लिंग की पट्टी बदलने में उसे आधा घंटा लगा," पेद्रो विकारियो ने मुझे बताया। असल में दस मिनट से ज़्यादा नहीं लगे थे लेकिन पाब्लो विकारियो के लिए यह तकलीफ़ समझ से परे थी; और उसे लगा था कि उसका भाई भोर तक समय गँवाने के लिए ऐसा कर रहा था। इसलिए उसने अपने भाई के हाथ में छुरा रखा और उसे बहन की खोई इज़्ज़त हासिल करने के लिए ज़बर्दस्ती घसीटकर ले गया।

"और कोई चारा नहीं है," उसने भाई से कहा, "मानो यह तो हम पर बीत चुकी है।"

हाथ में छुरे लिये और आँगन के कुत्तों के शोर के बीच, वे सूअर बाड़े के गेट से बाहर निकले तो पौ फट रही थी। "बारिश नहीं हो रही थी," पाब्लो विकारियो ने याद किया। "बल्कि उलटा था," पेद्रो विकारियो ने कहा, "समुद्री हवा चल रही थी और अभी भी आसमान में तारे नज़र आ रहे थे।" ख़बर इस क़दर फैल गई थी कि ऑरतेंसिया बाउते ने ठीक उसी वक़्त अपने घर का दरवाज़ा खोला जब दोनों भाई वहाँ से गुज़र रहे थे और वह पहली शख़्स थी, जो सान्तियागो नासार के लिए रोई। "मुझे लगा वे उसका क़त्ल कर चुके हैं," उसने मुझे बताया, "क्योंकि मैंने स्ट्रीट लाइट की रोशनी में उनके हाथ में छुरे देखे थे और मुझे लगा था

कि उनसे ख़ून टपक रहा है।" उस सुनसान गली में जो कुछ घर खुले थे उनमें से एक घर था पाब्लो विकारियो की मंगेतर प्रूदेंसिया कोतेस का। जब भी दोनों भाई वहाँ से गुज़रते, ख़ासकर शुक्रवार को जब वे बाज़ार जा रहे होते थे, वे अन्दर जाकर पहली कॉफ़ी वहीं पीते। उन्होंने आँगन का दरवाज़ा खोला, भोर की मन्द रोशनी में उनको पहचानने वाले कुत्तों ने उन्हें घेर लिया और फिर उन्होंने रसोई में खड़ी प्रूदेंसिया कोतेस की माँ का अभिवादन किया। तब तक कॉफ़ी तैयार नहीं हुई थी।

"हम बाद में पी लेंगे," पाब्लो विकारियो ने कहा। "अभी जल्दी में हैं।"

"मैं समझ सकती हूँ बेटा, इज़्ज़त इन्तज़ार नहीं करती।" उन्होंने कहा।

लेकिन उन लोगों ने फिर भी इन्तज़ार किया और इस बार पेद्रो विकारियो को लगा कि उसका भाई समय बर्बाद कर रहा है। जब वे कॉफ़ी पी रहे थे तो चूल्हे की आग जलाने के लिए हाथ में अख़बार लिये ख़ूबसूरत प्रूदेंसिया कोतेस आ पहुँची। "मुझे भली-भाँति पता था कि वे क्या करने जा रहे हैं, और न केवल मैं सहमत थी बल्कि अगर वह मर्द होने का फ़र्ज़ नहीं निभाता तो मैं उससे शादी नहीं करती।" उसने कहा। रसोई से निकलने से पहले पाब्लो विकारियो ने अख़बार के दो पन्ने लिये और एक पन्ना उसने अपने भाई पेद्रो विकारियो को छुरा लपेटने के लिए दिया। प्रूदेंसिया कोतेस रसोई में इन्तज़ार करती रही, उन्हें आँगन के दरवाज़े से जाते देखा और जब तक पाब्लो विकारियो जेल से छूटकर नहीं आ गया तब तक बिना हिम्मत हारे तीन साल तक वह उसका इन्तज़ार करती रही और फिर वह ज़िन्दगी-भर के लिए उसका पति बन गया।

"अपना ख्याल रखना," उसने उन दोनों से कहा।

इस तरह क्लोतील्द आर्मेन्ता ग़लत नहीं थी जब उसे लगा कि विकारियो बन्धुओं का इरादा पहले जितना मज़बूत नहीं था और उन्हें नशे

में धुत्त करने के इरादे से ही उसने उन्हें देशी शराब की एक बोतल दी। उसने मुझसे कहा, "उस दिन, मुझे अहसास हुआ कि हम औरतें दुनिया में कितनी अकेली होती हैं!" पेद्रो विकारियो ने उसके पति का शेविंग का सामान माँगा था और वह ब्रश, साबुन, छोटा आईना और नया ब्लेड डालकर रेज़र भी लेकर आई थी लेकिन उसने अपने कसाई के छुरे से ही दाढ़ी बनाई। क्लोतील्द आर्मेन्ता की नज़र में यह मर्दानगी की पराकाष्ठा थी। "वह फ़िल्मों में दिखाए जाने वाले क़ातिल जैसा लग रहा था," उसने मुझसे कहा। लेकिन पाब्लो विकारियो ने बाद में मुझे समझाया कि फ़ौज में उसने उस्तरे से दाढ़ी बनाना सीखा था और अब किसी अन्य तरीक़े से दाढ़ी नहीं बना पाता था। दूसरी तरफ़, उसके भाई ने ज़्यादा सभ्य ढंग से, डॉन रोखेलिओ दे ला फ्लोर के रेज़र से दाढ़ी बनाई। अन्त में उन्होंने चुपचाप उस बोतल को गटक लिया और सड़क के पार घर की अँधेरी खिड़की में जल्दी उठने वाले लोगों के उनींदे चेहरे देखने लगे। इधर दुकान में ग्राहक घुसे आ रहे थे, दूध लेने के लिए, जो उन्हें चाहिए नहीं था और खाने की चीज़ें माँगने, जो दुकान में होती ही नहीं थीं ताकि वे देख सकें कि क्या विकारियो बन्धु वाक़ई में सान्तियागो नासार का इन्तज़ार कर रहे थे, उसको मारने के लिए।

विकारियो बन्धुओं को उसके कमरे की खिड़की की बत्ती जलते हुए नहीं दिखी थी। सान्तियागो नासार चार बजकर बीस मिनट पर घर में घुसा लेकिन उसे अपने कमरे तक जाने के लिए कोई बत्ती नहीं जलानी पड़ी क्योंकि सीढ़ियों का बल्ब पूरी रात जलता रहता था। वह बिना कपड़े बदले बिस्तर पर ढेर हो गया क्योंकि उसके पास सोने के लिए सिर्फ़ एक घंटा था और विक्तोरिया गुज़मान ने उसे इसी हाल में पाया जब वह उसे उठाने आई ताकि वह बिशप के आगमन के लिए जा सके। तीन बजे तक तो हम लोग मारिया अलेखनद्रीना सेरवांतेस के यहाँ साथ थे। फिर उसने

संगीतकारों को जाने को कहा और आँगन की बत्तियाँ बुझा दीं ताकि उसकी मनोरंजन करने वाली मुलातो लड़कियाँ बिस्तर में अकेले आराम कर सकें। वे लोग तीन दिन से लगातार काम कर रही थीं, पहले गुप्त रूप से ख़ास मेहमानों का मन बहलाते हुए और फिर खुले में हम जैसे लोगों जिनका जी अभी भी शादी की मस्ती से नहीं भरा था, का मनोरंजन कर। मारिया अलेखनद्रीना सेरवांतेस के बारे में हम लोग कहा करते थे—वह एक ही बार सोएगी और वो भी तब, जब मरेगी। मैंने उससे ज़्यादा सहज और स्नेही महिला नहीं देखी थी, बिस्तर में भी वह उतनी ही कुशल थी, पर वह उतनी ही अनुशासन पसन्द भी थी। वह यहीं पैदा हुई थी, परवरिश भी यहीं की थी और यहीं रहती थी; खुले दरवाज़ों वाले घर में, जिसमें किराए के लिए कई कमरे थे और नाचने के लिए बड़ा सा आँगन था जहाँ पारामारिबो के चीनी बाज़ार से ख़रीदे गए कद्दू के बने लालटेन थे। उसने ही ने मेरी पीढ़ी का कौमार्य भंग किया था। उसने हमें ज़रूरत से ज़्यादा सिखाया था लेकिन उसकी सबसे बड़ी सीख थी कि ज़िन्दगी में ख़ाली बिस्तर से ज़्यादा ग़मगीन कोई जगह नहीं होती। सान्तियागो नासार तो पागल हो गया था ज़ब उसने मारिया अलेखनद्रीना सेरवांतेस को पहली बार देखा था। मैंने उसे सचेत किया था—"जो बाज़ लड़ाके सारस का पीछा करते हैं उन्हें दर्द के अलावा कुछ नहीं मिलता।" लेकिन मारिया अलेखनद्रीना सेरवांतेस के मोह में उसने मेरी एक न सुनी। वह उसका जुनून बन गई थी, वह पन्द्रह साल की उम्र में उसके लिए आँसू बहाता था। फिर एक दिन इब्राहिम नासार ने उसे कोड़ा मारकर बिस्तर से खदेड़ा और एक साल से ऊपर तक पशु फ़ार्म में क़ैद कर दिया। वे एक-दूसरे से बेहद प्यार करते थे, उनके प्यार में पागलपन नहीं था। मारिया अलेखनद्रीना सेरवांतेस उसका इतना सम्मान करती थी कि उसकी उपस्थिति में किसी और के साथ हमबिस्तर नहीं होती थी। पिछली कुछ छुट्टियों में वह थके

होने का बहाना करके हमें जल्दी घर से चलता कर देती थी, पर वह दरवाज़े की कुंडी नहीं लगाती थी और हॉल की बत्ती खुली छोड़ देती थी ताकि मैं चुपचाप अन्दर चला जाऊँ।

सान्तियागो नासार को भेस बदलने में ग़ज़ब की महारत हासिल थी और मुलातो लड़कियों के अस्तित्व को उलझा देने में उसे बहुत मज़ा आता था। इसके लिए वह कुछ लड़कियों की अलमारी को निशाना बनाता और दूसरी लड़कियों का रूप बदल देता जिसके चलते सब लड़कियाँ अपने को अपने जैसा न पाकर उन लड़कियों-सा महसूस करतीं, जो वह नहीं थीं। एक बार तो एक लड़की ने अपने-आप को इस कदर दूसरी लड़की जैसा पाया कि वह रो पड़ी। "मुझे लग रहा था कि मैं आईने से बाहर आकर अपने सामने खड़ी हो गई हूँ," उसने कहा। लेकिन उस रात मारिया अलेखनद्रीना सेरवांतेस ने उसे आख़िरी बार अदला-बदली का खेल नहीं खेलने दिया और उसके बहाने इतने खोखले थे कि उस याद की कड़वाहट ने सान्तियागो नासार की ज़िन्दगी बदल दी। फिर हम लोग संगीतकारों को लेकर गाने-बजाने निकल पड़े। हमारी पार्टी चलती रही, जबकि दूसरी तरफ़ विकारियो बन्धु सान्तियागो नासार का इन्तज़ार कर रहे थे, उसे मारने के लिए। वो सान्तियागो नासार ही था जिसको क़रीब चार बजे यह सूझा कि हम सब विधुर यीउस की पहाड़ी पर जाएँ और नवविवाहित जोड़े के लिए गाने गाएँ।

हमने न केवल खिड़की के नीचे गीत गाए बल्कि बग़ीचे में पटाख़े भी फोड़े, लेकिन हमें अन्दर कोई हरकत दिखाई नहीं दी। हमें यह सूझा ही नहीं कि वहाँ कोई था ही नहीं, क्योंकि कार तो दरवाज़े पर खड़ी थी; उसकी छत भी नीचे थी और शादी में लगाए गए साटन के रिबन और फूल अभी भी चिपके हुए थे। उसी समय प्रोफ़ेशनल अन्दाज़ में गिटार बजाने वाले मेरे भाई लुईस एनरिक ने नवविवाहित जोड़े के सम्मान में

दुअर्थी गीत भी बना डाला। तब तक बारिश नहीं हुई थी। आसमान में चाँद साफ़ दिख रहा था, हवा साफ़ थी और चट्टान के नीचे, क़ब्रिस्तान में संत एल्मो-प्रदीप्ति देखी जा सकती थी। दूसरी तरफ़ चाँद की रोशनी में केले के नीले बाग़, उदासीन दलदल और कैरीबियाई क्षितिज की हल्की रोशनी नज़र आ रही थी। सान्तियागो नासार ने समुद्र में टिमटिमाती रोशनी की तरफ़ इशारा किया और हमें बताया कि यह दासों से भरे एक जहाज़ की तड़पती-भटकती आत्मा है, जो सेनेगल से लाए जा रहे दासों से लदा हुआ था और कार्ताख़ेना दे इंडियाज़ के मुख्य डॉक बोका ग्रांदे में डूब गया था। उसे देखकर तो नहीं लग रहा था कि उसके मन को कुछ कचोट रहा था हालाँकि उस समय वह नहीं जानता था कि आंखेला विकारियो की क्षणिक विवाहित ज़िन्दगी का दो घंटे पहले अन्त हो गया था। बेयार्डो सान रोमान उसे पैदल ही उसके माता-पिता के घर ले गया था ताकि उसकी बदक़िस्मती की आवाज़ पहले न पहुँच जाए। अब वह अकेला था, बत्तियाँ बुझाकर, विधुर यीउस के ख़ुशहाल घर में।

जब हम पहाड़ी से उतरे तो मेरे भाई ने बाज़ार में एक दुकान पर तली हुई मछली का नाश्ता करने का प्रस्ताव रखा, लेकिन सान्तियागो नासार इसके लिए तैयार नहीं हुआ क्योंकि वह बिशप के आने से पहले एक घंटा सोना चाहता था। वह क्रिस्तो बेदोया के साथ नदी किनारे होता हुआ चला गया, जहाँ ग़रीबों के खाने की जगह खुलने लगी थीं और मोड़ पर पहुँचने से पहले उसने हाथ हिलाकर विदा ली। इसके बाद हमने उसे कभी नहीं देखा।

सान्तियागो नासार बाद में क्रिस्तो बेदोया से डॉक पर मिलने के लिए राज़ी हुआ था और दोनों ने पीछे के दरवाज़े पर पहुँचकर एक-दूसरे से विदा ली थी। सान्तियागो नासार के अन्दर दाख़िल होने की आहट सुनते ही कुत्ते हमेशा की तरह भौंकने लगे लेकिन भोर की उस मन्द रोशनी में

चाबी कि छनछन से उसने उन्हें शान्त कर दिया। अन्दर जाते हुए वह रसोई से गुज़रा जहाँ विक्तोरिया गुज़मान कॉफ़ी बना रही थी।

"गोरे," उसने सान्तियागो नासार को आवाज़ दी। "कॉफ़ी बस तैयार है।"

सान्तियागो नासार ने कहा कि वह बाद में पिएगा और उससे गुज़ारिश की कि वह दिवीना फ्लोर से उसे साढ़े पाँच बजे उठाने को कह दे। साथ ही जब उठाने आए तो एक जोड़ा साफ़ कपड़े लेती आए ठीक वैसे जैसे उसने पहने हुए हैं। वह सोने गया ही था कि पल-भर बाद विक्तोरिया गुज़मान को क्लोतील्द आर्मेन्ता का भीख में दूध माँगने वाली भिखारिन के हाथ भेजा सन्देश मिला। साढ़े पाँच बजे उसने सान्तियागो नासार के आदेश का पालन किया लेकिन उसने दिवीना फ्लोर को नहीं भेजा; वह ख़ुद ही लिनेन का सूट लेकर ऊपर गई क्योंकि जहाँ तक हो सकता था वह इस महाशय के चंगुल से अपनी बेटी को दूर रखने की कोशिश करती थी।

मारिया अलेखनद्रीना सेरवांतेस ने अपने घर के दरवाज़े में कुंडी नहीं लगाई थी। मैंने अपने भाई से विदा ली, और वो बरामदा पार किया जहाँ मुलातो लड़कियों की बिल्लियाँ ट्यूलिप फूल के चारों ओर सिकुड़कर सो रही थीं और बिना खटखटाए कमरे का दरवाज़ा खोला। बत्तियाँ बन्द थीं लेकिन जैसे ही मैं अन्दर दाख़िल हुआ मुझे गर्मजोशी से भरी महिला की मौजूदगी का अहसास हुआ, अँधेरे में मेरी नज़र एक अनिद्रा रोग से पीड़ित तेंदुए की नज़रों से जा टकराई और फिर घंटियाँ बजने तक मुझे कोई होश नहीं रहा।

घर लौटते समय मेरा भाई सिगरेट लेने क्लोतील्द आर्मेन्ता की दुकान पर रुका था। उसने इतनी पी रखी थी कि उस समय वह किससे मिला था, उसे कुछ भी ठीक से याद नहीं था, फिर भी वह उस ख़तरनाक पेय

को कभी नहीं भूल पाया जो पेद्रो विकारियो ने उसे दिया था। "तरल आग थी," उसने मुझसे कहा। पाब्लो विकारियो की आँख लग गई थी, मेरे भाई के आने पर वह चौंककर उठ बैठा और उसे छुरा दिखाने लगा।

"हम सान्तियागो नासार का क़त्ल करने वाले हैं।"

मेरे भाई को कुछ भी याद नहीं था। "और अगर मुझे याद भी होता तो मैं विश्वास नहीं करता," उसने कई बार मुझसे कहा। "कौन साला सोच सकता था कि ये जुड़वाँ भाई किसी को मार सकते हैं और वो भी सूअर जिबह करने वाले छुरे से!"

फिर उन्होंने पूछा कि सान्तियागो नासार कहाँ है, उन्होंने यह सवाल इसलिए पूछा क्योंकि उसने उन दोनों को साथ देखा था। मेरे भाई ने क्या जवाब दिया था, अब उसे याद नहीं। लेकिन क्लोतील्द आर्मेन्ता और विकारियो बन्धु उसका जवाब सुनकर इतना चौंक गए थे कि रिपोर्ट में उनके बयानों को अलग-अलग दर्ज करना पड़ा। उनके मुताबिक़, मेरे भाई ने कहा, "सान्तियागो नासार मर चुका है।" फिर उसने बिशप की प्रार्थना बोली, चौखट पर लड़खड़ाया और डगमगाता हुआ चला गया। बीच चौक में उसे फ़ादर अमादोर दिखे। वह पूजा परिधान पहनकर डॉक की तरफ़ जा रहे थे, उनके पीछे वेदी सेवक घंटी बजाता चल रहा था। कई सेवक बिशप की धार्मिक सभा के लिए वेदिका लेकर चल रहे थे। उन्हें जाता देखकर विकारियो बन्धुओं ने क्रूस का चिन्ह बनाया।

क्लोतील्द आर्मेन्ता ने मुझसे कहा था कि पादरी को सामने से जाता देख उनकी आख़िरी उम्मीद भी टूट गई थी। "मुझे लगा कि उनको मेरा सन्देश नहीं मिला" उसने कहा। लेकिन कई साल बाद, सांसारिक दुनिया छोड़कर कालाफेल के उदास वृद्धाश्रम में रह रहे फ़ादर अमादोर ने मेरे सामने माना कि जब वह डॉक पर जाने के लिए तैयार हो रहे थे तो उन्हें क्लोतील्द आर्मेन्ता और कई दूसरों का सन्देश मिला था। "सच तो यह है

कि मुझे समझ नहीं आया कि क्या करूँ," उन्होंने मुझसे कहा। "पहले तो मैंने सोचा कि इससे मेरा क्या लेना-देना; यह तो सरकार का काम है लेकिन फिर सोचा कि चलते-चलते मैं प्लासीदा लिनेरो से ज़िक्र कर दूँगा।" लेकिन चौक से गुज़रते समय तक वह इस बात को भूल चुके थे। "असल में यह समझना ज़रूरी है," उन्होंने मुझसे कहा, "कि बिशप के आगमन का दिन ही मनहूस था।" अपराध के समय उन्हें अपने-आप से इतनी घृणा और निराशा हुई कि उन्हें आग के अलार्म की घंटी बजाने के अलावा कुछ सूझा ही नहीं।

मेरा भाई लुईस एनरिक रसोई के उस दरवाज़े से घर में दाख़िल हुआ जिसे मेरी माँ खुला छोड़ देती थीं ताकि मेरे पिता को हमारे अन्दर आने की आहट ना सुनाई दे। सोने से पहले वह बाथरूम गया लेकिन कमोड पर बैठे-बैठे ही सो गया और जब मेरा भाई खाइमे स्कूल जाने के लिए उठा तो उसे बाथरूम के फ़र्श पर सोते पाया। वह नींद में कुछ बड़बड़ा रहा था। मेरी बहन जो नन थी वह बिशप के लिए नहीं रुकने वाली थी क्योंकि उसको भयंकर हैंगओवर था। वह भी उसे नहीं उठा सकी। "जब मैं बाथरूम गई तो पाँच बज रहे थे," उसने मुझे बताया। उसके बाद, मेरी बहन मारगोत डॉक पर जाने से पहले जब नहाने गई तो बड़ी मुश्किल से भाई को घसीटकर उसके कमरे तक ले गई। नींद में उसने बिशप की नाव की सीटी सुनी फिर भी वह उठा नहीं। इतना पीने की वजह से वह गहरी नींद सो गया था और उसकी नींद तब टूटी जब मेरी नन बहन कमरे में गई और पागलों की तरह चिल्लाने लगी—

"उन्होंने सान्तियागो नासार को मार दिया!"

डॉक्टर दिओनिसिओ इगुआरान की ग़ैर-मौजूदगी में फ़ादर कार्मेन अमादोर ने जो अधकचरी ऑटोप्सी की थी और छुरों के इस्तेमाल से शव को जो नुक़सान पहुँचा था, वह तो शुरुआत भर थी। "मानो मरने के बाद हमने दोबारा उसका क़त्ल किया हो," रिटायरमेंट के बाद कालाफेल में रह रहे बूढ़े पादरी ने मुझे कहा था। "लेकिन मेयर का आदेश था, और उस गँवार का आदेश, चाहे कितना ही मूर्खतापूर्ण क्यों ना हों, उसका पालन तो करना ही पड़ता था।" यह बिलकुल भी ठीक नहीं था। उस बेतुके सोमवार की ऊहापोह में कर्नल अपोन्ते ने राज्य के गवर्नर से आनन-फानन में तार के ज़रिए बात की, गवर्नर ने उनसे कहा कि जब तक वे जाँच-पड़ताल के लिए किसी मजिस्ट्रेट को भेजें तब तक वह आरम्भिक कार्रवाई शुरू करे। मेयर पुराने फ़ौजी थे और उन्हें क़ानून का कोई अनुभव नहीं था अत: जाँच कहाँ से शुरू करें—यह पूछने में उनका अहं आड़े आ रहा था। क्रिस्तो बेदोया, जो डॉक्टरी पढ़ रहा था, सान्तियागो नासार का क़रीबी दोस्त होने की वजह से ऑटोप्सी करने से बच निकला। मेयर को लगा कि डॉक्टर दिओनिसिओ इगुआरान के लौटने

तक मृत शरीर को फ्रिज में रखा जा सकता है लेकिन उन्हें आदमक़द फ्रिज कहीं मिल नहीं रहा था और बाज़ार का इकलौता फ्रिज खराब पड़ा था। इसलिए लाश बैठक में आम जनता के सामने पतली-सी चारपाई पर तब तक पड़ी रही जब तक कि अमीरों के लिए बनने वाला ताबूत तैयार नहीं हो गया। घर के बाक़ी कमरों और पड़ोसियों के घर से पंखे लाए गए लेकिन इतने लोग शव को देखना चाहते थे कि फ़र्नीचर खिसकाना पड़ा, चिड़ियों के पिंजरे और फ़र्न के गमले उतारने पड़े लेकिन फिर भी असहनीय गर्मी थी। ऊपर से, शव की गंध से उत्तेजित कुत्ते बेचैन हो रहे थे। जब मैं घर में घुसा था, उस वक़्त सान्तियागो नासार रसोई में मृत पड़ा था, कुत्ते भौंकते ही जा रहे थे और दिवीना फ्लोर फफक-फफककर रोये जा रही थी तथा छड़ी से कुत्तों को सँभाल भी रही थी।

"मेरी मदद करो," मुझे देखकर चिल्लाई। "वे उसकी अँतड़ियाँ खाना चाहते हैं।"

हमने उन्हें अस्तबल में बन्द कर दिया। बाद में प्लासीदा लिनेरो ने आदेश दिया कि शवदाह होने तक उन्हें कहीं दूर ले जाया जाए। लेकिन दोपहर को, पता नहीं कैसे, वे जहाँ कहीं भी थे वहाँ से भाग निकले और पागलों की तरह घर में आ घुसे। क्षण भर के लिए प्लासीदा लिनेरो ने अपना आपा खो दिया।

"ये घटिया कुत्ते!" वह चिल्लाई। "मार दो इन्हें!"

उसके आदेश का तुरन्त पालन हुआ और घर एक बार फिर शान्त हो गया। तब तक शव की किसी ने चिन्ता नहीं की। उसका चेहरा एकदम दुरुस्त था, उस पर वही भाव थे, जो तब थे, जब वह गाना गा रहा था। क्रिस्तो बेदोया ने अँतड़ियाँ वापस अन्दर डालकर कपड़े से बाँध दी थीं। दोपहर में घाव से शीरे के रंग का द्रव्य रिसने लग गया था जिस पर मक्खियाँ भिनभिनाने लगी थीं और ऊपर के होंठ पर एक बैंगनी निशान उभर आया

था जो पानी पर बादल की परछाईं की तरह धीरे-धीरे उसके बालों तक फैल गया। उसका चेहरा, जो हमेशा शान्त दिखता था, अब बीभत्स होने लगा था। उसकी माँ ने चेहरे को रूमाल से ढक दिया। कर्नल अपोन्ते को अहसास हो गया था कि अब और इन्तज़ार नहीं किया जा सकता, और उन्होंने फ़ादर अमादोर को ऑटोप्सी करने का आदेश दिया। "एक हफ़्ते बाद उसकी क़ब्र खोदकर निकालना और भी ख़राब होगा," उन्होंने कहा। पादरी ने धर्म विद्यालय जाने से पहले सालामांका में वैद्यक-शास्त्र की पढ़ाई की थी, हालाँकि पूरी नहीं की थी और मेयर को भी पता था कि इस ऑटोप्सी की कोई क़ानूनी मान्यता नहीं थी। लेकिन तब भी उन्होंने आदेश का पालन करवाया।

उस पब्लिक स्कूल में नोट्स लेने वाले एक दवा विक्रेता और छुट्टी पर आए मेडिकल स्कूल के प्रथम वर्ष के छात्र के द्वारा की गई ऑटोप्सी एक तरह का नरसंहार था। उनके पास ऑटोप्सी लायक उपकरण भी नहीं थे। छोटे-मोटे ऑपरेशन में इस्तेमाल होने वाले औज़ार थे और बाक़ी का काम कारीगरों के औज़ार से चला लिया गया था। शरीर के क्षत-विक्षत होने के बावजूद फ़ादर अमादोर की रिपोर्ट सही मालूम पड़ रही थी और जाँचकर्ता ने साक्ष्य के तौर पर उसे अपनी रिपोर्ट में शामिल कर लिया था।

ढेरों घावों में सात घाव घातक थे। शरीर के आगे के भाग पर लगे दो चीरों से कलेजे के टुकड़े हो गए थे। पेट पर चार ज़ख़्म थे, जिनमें से एक तो इतना गहरा था कि अन्दर जाकर अग्न्याशय के चीथड़े कर दिये थे। मलाशय में छह तिरछे घाव थे और छोटी आँत में भी कई सारे घाव थे। पीठ पर एक ही घाव था, रीढ़ की हड्डी की तीसरी कशेरूका के बराबर में जिसने दाहिने गुर्दे को छेद दिया था। उदर गुहा में ख़ून के थक्के जमे हुए थे और पेट के अन्दर का सारा पदार्थ जो बाहर आ गया था उसमें वर्जिन ऑफ कार्मेल का लॉकेट मिला था जो सान्तियागो नासार

ने चार साल की उम्र में निगल लिया था। वक्षीय खोह में दो घाव थे। एक घाव दूसरी पसली के बीच, दाहिनी तरफ़ के फेफड़े तक था और दूसरा घाव काँख के पास था। हाथों पर छह हल्के घाव थे और दो चीरे थे—एक दाहिनी जाँघ पर और दूसरा पेट पर। दाहिने हाथ पर एक गहरा घाव था। रिपोर्ट में लिखा था, "क्रूस पर टँगे ईसा मसीह जैसा चिन्ह प्रतीत हो रहा था।" उसके दिमाग़ का वज़न किसी अंग्रेज के मुक़ाबले साठ ग्राम से ज़्यादा था और फ़ादर अमादोर ने रिपोर्ट में लिखा कि वह बहुत बुद्धिमान था और उसका भविष्य शानदार था। लेकिन अपनी अन्तिम रिपोर्ट में उन्होंने जिगर में सूजन भी देखी जो उनके मुताबिक़ हैपेटाइटिस की वजह से थी जिसका ठीक से इलाज नहीं हुआ था। "मतलब," उन्होंने मुझसे कहा, "वैसे भी उसकी ज़िन्दगी कुछ साल भर की ही बची थी।" डॉक्टर दिओनिसिओ इगुआरान ने सान्तियागो नासार का हैपेटाइटिस का इलाज तब किया था जब वह 12 साल का था और उस ऑटोप्सी को याद करके वे ग़ुस्सा हो उठे थे। "केवल एक पादरी ही इतना मूर्ख हो सकता है," उन्होंने मुझसे कहा। उन्हें कभी समझ ही नहीं आया कि हम ट्रॉपिकल लोगों के जिगर स्पेन के गलीसिया समूह के लोगों से बड़े होते हैं। रिपोर्ट का निष्कर्ष था कि मौत इन सात घांवों में से किसी एक से अधिक ख़ून बह जाने की वजह से हुई थी।

उन्होंने हमें एकदम अलग ही शरीर लौटाया। ऑटोप्सी के चलते आधी खोपड़ी टूट गई थी और औरतें उसके जिस चेहरे पर फ़िदा थीं, वह सही-सलामत तो था लेकिन उसे पहचानना मुश्किल था। पादरी ने उसकी कटी-फटी अँतड़ियों को जड़ से खींच निकाला था लेकिन फिर समझ नहीं आया कि उनका क्या करें तो ग़ुस्से में उन्हें कूड़े में फेंक दिया। स्कूल की खिड़की पर मँडरा रहे आख़िरी तमाशबीनों की जिज्ञासा भी ख़त्म हो चुकी थी, सहायक बेहोश हो गया था और कर्नल लाज़ारो अपोन्ते,

जिन्होंने कितने ही दमनकारी नरसंहार देखे और किये थे, शाकाहारी और आध्यात्मिक बन गए थे। चीथड़ों और अनबुझे चूने से भरा हुआ, रस्सी से अनगढ़ तरीक़े से सिला हुआ वो खोखला ढाँचा टुकड़े होकर गिरने की क़गार पर था जब हमने उसे रेशम के कपड़ा लगे नये ताबूत में डाला। "मुझे लगा इस तरह ज़्यादा समय तक चल जाएगी," फ़ादर अमादोर ने मुझसे कहा। लेकिन उल्टा ही हुआ और हमें भोर होते ही उसे दफ़नाना पड़ा क्योंकि लाश की हालत बहुत खराब हो गई थी और उससे उठने वाली दुर्गंध बर्दाश्त के बाहर थी।

मंगलवार की सुबह होने को थी और आसमान पर बादल छाए हुए थे। उस दमघोंटू घड़ी में मैं सोने की हिम्मत नहीं कर पा रहा था और मैंने मारिया अलेखनद्रीना सेरवांतेस के घर के दरवाज़े को इस उम्मीद में धकेला कि शायद उसने कुंडी न लगाई हो। कद्दू के लालटेन पेड़ों से लटके हुए जल रहे थे और उस बरामदे में जहाँ सब मज़ा किया करते थे, कई जगह आग जली हुई थी और उन पर बड़े-बड़े पतीले चढ़े थे जिनमें मुलातो लड़कियाँ अपने पार्टी के कपड़ों पर काला रंग चढ़ा रही थीं। मैंने मारिया अलेखनद्रीना सेरवांतेस को हमेशा की तरह भोर के समय जगा हुआ और नग्न पाया, जब घर में बाहर के लोग नहीं होते थे। एक तुर्की परी सरीखी वह अपने आलीशान बिस्तर पर बेबीलोनियाई थाल के सामने जिसमें नाना प्रकार के व्यंजन थे पालथी मारकर बैठी थी; जिसमें बछड़े के मांस के कटलेट, एक उबला हुआ चिकन, सूअर का मांस, केले और सब्ज़ियाँ; इतना खाना कि पाँच आदमी खा सकते थे। बेहिसाब खाना, उसका शोक करने का तरीक़ा अजीब था और मैंने उसे इतने दुख के साथ मातम मनाते पहले कभी नहीं देखा था। मैं कपड़े पहने हुए ही उसके बग़ल में पसर गया, बिना कुछ कहे, अपनी तरह से शोक मनाते हुए। मैं सान्तियागो नासार की क़िस्मत की क्रूरता के बारे में सोच रहा था, जिसने उससे बीस साल की

ख़ुशी लूटी थी, न केवल उसकी मौत से बल्कि उसके क्षत-विक्षत शरीर से, उसके बिखराव और उसकी बर्बादी से भी। मैंने सपना देखा कि गोद में बच्ची लिये एक महिला कमरे में आती है, जो बिना साँस लिये भुट्टा चबा रही थी, और अधखाए दाने उस महिला के अन्त:वस्त्र पर गिर रहे थे। उस महिला ने मुझे कहा—"यह मुँह भरकर कचर-कचर खाती है, चबाती है, चूसती है।" अचानक मुझे अपनी कमीज़ के बटन खोलती बेचैन उँगलियों का अहसास हुआ और अपनी पीठ पर सवार प्रेम के ख़तरनाक जानवर की ख़ुशबू आई और मैंने ख़ुद को उसकी नरमाई के दलदल में धँसते पाया। लेकिन वह अचानक ठहर गई, कहीं दूर से कोई खाँसा और वह मेरी ज़िन्दगी सें निकल गई।

"मैं नहीं कर सकती," उसने कहा। "तुमसे उसकी गंध आ रही है।"

केवल मैं ही नहीं। उस दिन हर चीज़ से सान्तियागो नासार की गंध आ रही थी। विकारियो बन्धुओं को भी जेल की उस कोठरी में उसकी गंध आ रही थी, जहाँ मेयर ने उन्हें तब तक के लिए बन्द किया था जब तक फ़ैसला नहीं हो जाता कि उनके साथ क्या करें। "चाहे हमने जितना मर्ज़ी साबुन और कपड़ों से रगड़ा, हम उसकी गंध को नहीं मिटा सके," पेद्रो विकारियो ने मुझे बताया था। वे तीन रात से सोए नहीं थे क्योंकि जैसे ही उनकी आँख लगती वे फिर से अपराध कर बैठते। आज, बूढ़े पाब्लो विकारियो ने उस अनन्त दिन की अपनी हालत का बयान करते हुए बड़ी सहजता से मुझसे कहा था—

"मानो हम बार-बार सोकर उठ रहे हों।" उसकी बात सुनकर मुझे लगा कि जेल में उनके लिए सबसे ज़्यादा असहनीय थी उनकी अपनी सुबोधगम्यता।

वह कमरा दस बाई दस फुट का था जिसमें लोहे के सरियोंवाला ऊँचा रोशनदान था, एक पोर्टेबल शौचालय था, हाथ-मुँह धोने के लिए

एक चिलमची और प्याला था तथा भूसे के दो गद्दे थे। कर्नल अपोन्ते, जिनके निर्देश पर यह बना था, उनका कहना था कि इससे मानवीय जगह कोई दूसरी नहीं थी। मेरा भाई लुईस एनरिक इस बात से सहमत था क्योंकि एक रात संगीतकारों के बीच हुई लड़ाई के बाद उसे हिरासत में रखा गया था और मेयर ने उसे छूट दी थी कि वह एक मुलातो लड़की को अपने साथ रख ले। सुबह आठ बजे शायद विकारियो बन्धुओं को भी वैसा ही महसूस हुआ होगा, जब उन्होंने अपने-आप को अरबवासियों से सुरक्षित पाया होगा। उस समय वे अपना फ़र्ज़ पूरा कर लेने के गौरव-भरे अहसास से आश्वस्त थे और उन्हें एक ही चीज़ से दिक़्क़त हो रही थी और वह थी गंध की निरन्तरता। उन्होंने बहुत सारा पानी, कपड़े धोने का साबुन और चीथड़े माँगे और हाथ व मुँह से ख़ून को रगड़कर धोया, अपनी कमीज़ भी धोई लेकिन उन्हें चैन नहीं मिला। पेद्रो विकारियो ने अपनी रेचक औषधि तथा मूत्रवर्धक दवाइयाँ माँगी और साथ ही रुई और फाहे भी ताकि अपनी पट्टी बदल सके। वह सुबह दो बार पेशाब कर सका। लेकिन दिन चढ़ने के साथ उसकी मुश्किल बढ़ने लगी और उसका ध्यान गंध से हट गया। दोपहर के दो बजे, जब उन्हें प्रचंड गर्मी सता रही थी, पेद्रो विकारियो बिस्तर पर लेट ही नहीं पा रहा था, वह थकान उसे खड़ा भी नहीं होने दे रही थी। उरुसन्धि का दर्द गले तक पहुँच गया था, पेशाब रुक गया था और उसे डर सताने लगा था कि वह ज़िन्दगी-भर नहीं सो पाएगा। "मैं ग्यारह महीने नहीं सोया," उसने मुझे बताया और मैं उसे इतनी अच्छे-से जानता था कि मुझे मालूम था वह सच कह रहा है। वह खाना भी नहीं खा पाया। दूसरी तरफ़ पाब्लो विकारियो ने हर पकवान थोड़ा-थोड़ा खाया और पन्द्रह मिनट बाद ही उसे भयंकर पेचिश हो गई। शाम को छह बजे जब सान्तियागो नासार की लाश की ऑटोप्सी हो रही थी उस समय आनन-फानन में मेयर को बुलाया गया क्योंकि पेद्रो विकारियो को यक़ीन

था कि उसके भाई को ज़हर दिया गया था। "वह मेरी आँखों के सामने पानी बनता जा रहा था," पेद्रो विकारियो ने मुझसे कहा, "और हमारे मन में बैठ गया था कि वह तुर्कों की चाल का शिकार हुआ है।" तब तक वह दो बार पोर्टेबल शौचालय को भर चुका था और पहरा दे रहा सिपाही उसे छह बार टाउन हॉल के शौचालय ले जा चुका था। कर्नल अपोन्ते ने उसे वहीं पाया, बिना दरवाज़े के शौचालय में, सिपाही ने उसे ढक रखा था और उसके शरीर से इस तरह पानी निकल रहा था कि ज़हर की बात बेमानी नहीं लग रही थी। लेकिन इस ख़याल को तुरन्त किनारे कर दिया गया जब यह स्पष्ट हो गया कि उसने सिर्फ़ वही खाना खाया और पानी पिया था जो पुरा विकारियो ने भेजा था। लेकिन मेयर इतना घबरा गए थे कि एक विशेष गार्ड के साथ उन्होंने क़ैदियों को उनके घर तब तक के लिए भिजवा दिया जब तक कि जाँच-पड़ताल करने वाला जज नहीं आ गया और फिर उन दोनों को रिओआचा की जेल भिजवा दिया गया।

विकारियो बन्धुओं के ख़ौफ़ की वजह था बाहर सड़कों का माहौल। अरबवासी बदला लेंगे, इस बात को ख़ारिज नहीं किया जा सकता था लेकिन ज़हर के बारे में किसी को ख़याल नहीं आया था। यह ज़रूर सोचा गया था कि वे रात का इन्तज़ार करेंगे और रोशनदान से पेट्रोल डालकर क़ैदियों को जला देंगे। लेकिन यह भी सिर्फ़ अटकल थी। अरबवासी काफ़ी शान्तिप्रिय थे, शताब्दी की शुरुआत में वे कैरीबियाई शहरों में आकर बसे थे, वे पिछड़े और ग़रीब इलाक़ों से थे और वहीं रहते रहे, रंगीन कपड़े और छोटी-मोटी चीज़ें बेचते हुए। वे लोग अपने-आप तक सीमित थे, मेहनती थे और कैथोलिक थे। आपस में शादी करते, गेहूँ आयात करते, घरों में बकरे पालते, ऑरिगानो और बैंगन उगाते; ताश खेलना उनका एकमात्र शौक़ था। उनमें अधिक उम्रवाले अभी भी मातृभूमि में सीखी साधारण अरबी बोलते थे और दूसरी पीढ़ी तक भी अरबी को बचाकर रखा गया

था लेकिन तीसरी पीढ़ी, सिर्फ़ सान्तियागो नासार को छोड़कर, अरबी में माँ-बाप की बात सुनती थी और स्पैनिश में जवाब देती थी। इसलिए यह सोच से परे था कि वे अपना शान्त स्वभाव बदल लेंगे, एक ऐसी हत्या का बदला लेने के लिए जिसके लिए हम सब क़सूरवार माने जा सकते थे। दूसरी तरफ़ प्लासीदा लिनेरो के परिवार की तरफ़ से बदले की तो किसी ने सोचा भी नहीं। लिनेरो परिवार, धन-सम्पत्ति ख़त्म होने तक शक्तिशाली और लड़ाकू थे, उनके बार में कम-से-कम दो गुंडे तो रहते ही थे जिनके बारे में सबको पता था।

अफ़वाहों से परेशान कर्नल अपोन्ते एक-एक करके सभी अरब परिवारों से मिलने गए और इस निष्कर्ष पर पहुँचे कि वे दुखी और हैरान थे, उनके घर के मन्दिरों में मातम था तथा उनमें से कुछ ज़मीन पर बैठकर विलाप कर रहे थे, लेकिन किसी में भी बदले की कोई भावना नहीं थी। सवेरे की प्रतिक्रिया को अपराध के फ़ौरन बाद के आवेश के तौर पर देखा जा सकता है; उनके नेताओं ने माना कि बात मारपीट के आगे तो हरगिज़ नहीं बढ़ती। और तो और सौ साल की बुज़ुर्ग सुसाना अब्दाला ने ही कृष्णकमल और अफसंतीन या चिरायता के अद्भुत मिश्रण का सुझाव दिया जिससे पाब्लो विकारियो की पेचिश रुक गई और साथ ही उसके भाई के अन्दर शानदार नई ऊर्जा का संचार हुआ। उसके बाद पेद्रो विकारियो निद्रा से ऊँघने लगा और उसका भाई बिना किसी पछतावे के पहली बार सो सका। मंगलवार सुबह तीन बजे जब मेयर पुरीसिमा विकारियो को अपने बेटों से मिलाने के लिए लाए तो वे उसी हालत में मिले।

कर्नल अपोन्ते की पहल से सारा परिवार वहाँ से चला गया, बड़ी बहनें और उनके पति भी। वे चुपचाप चले गए, उन पर किसी का ध्यान नहीं गया। जनता थकी हुई थी। और उस अपूरणीय दिन, हम जैसे कुछ उत्तरजीवी जो जगे हुए थे, सान्तियागो नासार को दफ़ना रहे थे। मेयर के

फ़ैसले के मुताबिक़ वे लोग माहौल ठंडा होने तक के लिए जा रहे थे, लेकिन वे लौटकर कभी नहीं आए। पुरा विकारियो ने अपनी बहिष्कृत बेटी का चेहरा कपड़े से ढक दिया ताकि किसी को नील और चोट नज़र न आए और उसे गहरे लाल रंग का ड्रेस पहनाया ताकि कोई यह न सोचे कि वह अपने गुप्त प्रेमी के लिए शोक मना रही है। जाने से पहले उसने फ़ादर अमादोर से कहा कि जेल में उसके बेटों का कन्फ़ेशन ले लें, लेकिन पेद्रो विकारियो ने मना कर दिया और अपने भाई को भी यक़ीन दिला दिया कि उनके पास प्रायश्चित्त करने की कोई वजह नहीं है। वे अकेले रहे और जिस दिन उन्हें रिओआचा जाना था वे काफ़ी भले-चंगे हो गए थे और उन्हें यक़ीन था कि वे सही थे कि वे रात के अँधेरे में नहीं जाना चाहते थे, जैसे उनका परिवार गया था, बल्कि दिन की रोशनी में जाना चाहते थे, अपने चेहरे दिखाते हुए। पोनसियो विकारियो, उनके पिता की कुछ ही समय बाद मृत्यु हो गई। "उनकी आत्मा का बोझ उन्हें ले गया," आंखेला विकारियो ने मुझसे कहा था। जब विकारियो बन्धु दोषमुक्त हो गए, वे रिओआचा में रहने लगे, मनाउरे से एक दिन की यात्रा की दूरी पर, जहाँ उनका परिवार रह रहा था। प्रूदेंसिया कोतेस पाब्लो विकारियो से शादी करने वहीं गई, जिसने अपने पिता की दुकान में बहुमूल्य धातुओं के साथ काम करना सीख लिया था और एक अच्छा सुनार बन गया था। पेद्रो विकारियो जिसके पास न काम था और न ही प्यार, तीन साल बाद एक बार फिर फ़ौज में भर्ती हो गया, तरक़्क़ी की, सार्जेंट बना और एक सुबह अपनी पलटन के साथ गाना गाते हुए गुरिल्ला इलाक़े में गया और दोबारा दिखाई नहीं दिया।

ज़्यादातर लोगों के लिए असली पीड़ित एक ही था—बेयार्डो सान रोमान। सब मानकर चल रहे थे कि इस त्रासदी के बाक़ी किरदार, गरिमा और वैभव के साथ, क़िस्मत ने उनकी ज़िन्दगी में जो लिखा था, उसका

निर्वाह करते हुए जी रहे थे। सान्तियागो नासार ने अपने गुनाह की क्षतिपूर्ति कर ली थी, विकारियो बन्धुओं ने मर्द होने का सबूत दे दिया था और बहकी हुई बहन ने अपनी इज़्ज़त वापस पा ली थी। एकमात्र बेयार्डो सान रोमान था जिसने अपना सब कुछ खो दिया था। उसे कई साल बाद तक भी 'बेचारा बेयार्डो' कहकर याद किया जाता रहा। यहाँ तक कि अगले शनिवार को चन्द्रग्रहण तक भी किसी ने उसके बारे में नहीं सोचा, जब विधुर यीउस ने मेयर को बताया कि उसने अपने पुराने घर के ऊपर चमकने वाली चिड़िया देखी थी और उसे लगा था कि वह उसकी पत्नी की आत्मा है, जो अपना घर वापस माँग रही है। मेयर ने अपने दिमाग़ पर ज़ोर डाला, लेकिन उस विधुर की बात पर ध्यान नहीं दिया।

वह चिल्लाए, "धत् तेरे की, मैं तो उस बेचारे आदमी के बारे में भूल ही गया था!"

फिर वह एक दस्ता लेकर पहाड़ी के ऊपर गए, जहाँ घर के सामने उन्हें कार मिली, जिसकी छत नीचे थी और उन्होंने कमरे में एक बत्ती जलती देखी लेकिन खटखटाने पर किसी ने जवाब नहीं दिया। इसलिए उन लोगों ने एक तरफ़ का दरवाज़ा तोड़कर कमरों में छानबीन की। "ऐसा लग रहा था कि सब कुछ पानी के नीचे है," मेयर ने मुझसे कहा। बेयार्डो सान रोमान बिस्तर पर बेहोश था, ठीक वैसे ही जैसे पुरा विकारियो ने उसे मंगलवार की सुबह देखा था, अपनी रेशमी क़मीज़ और शानदार पैंट में, लेकिन जूते उतरे हुए थे। ज़मीन पर ढेरों ख़ाली बोतलें पड़ी थीं और बिस्तर के बग़ल में कई भरी हुई बोतलें भी थीं लेकिन खाने का एक दाना भी नहीं था। "वह नशे में धुत्त होने या ज़्यादा शराब पीने के कारण बेहोश था," मुझे डॉक्टर दिओनिसिओ इगुआरान ने बताया जिन्होंने उसका आपात इलाज किया था। कुछ ही घंटों में वह ठीक हो गया और जैसे ही होश में आया, उसने बाक़ायदा तमीज़ से सबको अपने घर के बाहर निकाल दिया।

"मेरे साथ कोई खिलवाड़ नहीं कर सकता," उसने कहा। "मेरा साला फ़ौजी बाप भी नहीं।"

मेयर ने टेलीग्राम भेजकर जनरल पेत्रोनियो सान रोमान को सब कुछ बता दिया, यहाँ तक कि आख़िरी वाक्य भी। उसके पिता ने उसकी बात का मान रखा होगा क्योंकि वह ख़ुद नहीं आए लेकिन पत्नी और बेटियों को भेज दिया; दो बुज़ुर्ग महिलाओं के साथ, जो उनकी पत्नी की बहनें मालूम पड़ती थीं। वे सभी एक कार्गो नाव में आए, बेयार्डो सान रोमान की बदक़िस्मती में गर्दन तक शोक में डूबे और मातम में बाल खोले। नाव से उतरने से पहले उन्होंने अपने जूते उतार दिये और दोपहर की तपती धूप में वे ऊपर पहाड़ी तक नंगे पैर गए, बालों को जड़ से नोचते हुए और इतने ज़ोर से विलाप करते हुए कि उनकी चीख़ें ख़ुशी की मालूम पड़ रही थीं। मैंने उन्हें मगदलेना ओलिवर की बालकनी से जाते देखा और मुझे याद है कि मैंने सोचा था कि इतना दुख सिर्फ़ बड़ी शर्मिन्दगी छिपाने के लिए ही दिखाया जाता है।

कर्नल लासारो अपोन्ते उनके साथ पहाड़ी पर बने घर तक गए, पीछे-पीछे डॉक्टर दिओनिसिओ इगुआरान खच्चर पर ऊपर गए। जब सूरज ढलने को हुआ तो दो सरकारी कर्मचारी एक खाट पर डालकर बेयार्डो सान रोमान को पहाड़ी से नीचे लाए। वह गर्दन तक कम्बल में लिपटा हुआ था और उसके पीछे विलाप करती महिलाओं की टोली चल रही थी। मगदलेना ओलिवर को लगा कि वह मर चुका है।

"तौबा!" उसने कहा। "कितना बुरा हुआ!"

वह फिर से नशे में धुत्त था लेकिन यह मानना बहुत मुश्किल था कि वे एक ज़िन्दा इनसान को ले जा रहे थे क्योंकि उसका दाहिना हाथ लटका हुआ था और ज़मीन पर घिसट रहा था, और जैसे ही उसकी माँ हाथ उठाकर खाट पर रखती वो तुरन्त वापस गिर जाता। उसके हाथ ने

चट्टान के किनारे से नाव तक ज़मीन पर लकीर बना दी। बेयार्डो सान रोमान का यही शेष था हमारे पास, एक पीड़ित व्यक्ति की स्मृति।

घर को वे लोग उसी हाल में छोड़ गए। छुट्टियों में जब हम घर पर होते तो मेरा भाई और मैं जिन रातों को मौज-मज़ा करने निकलते, वहाँ जाते और हर बार उस परित्यक्त घर में हमें क़ीमती चीज़ें और कम मिलतीं। एक बार हमें वह छोटी अटैची मिली जो आंखेला विकारियो ने शादी की रात अपनी माँ से मँगवाई थी लेकिन हमने उस पर ज़्यादा ध्यान नहीं दिया। अन्दर हमें महिलाओं की ज़रूरत का सामान मिला लेकिन उनका असली इस्तेमाल तो मुझे सालों बाद पता चला जब आंखेला विकारियो ने मुझे बताया कि उनमें से कौन-सी चीज़ें थीं जो उसे पति को झाँसा देने के लिए दी गई थीं। उस घर में उसके ब्याहता होने का यही एक सबूत था।

सालों बाद जब मैं इस क़िस्से के लिए आख़िरी सबूत ढूँढ़ने आया था तब योलांडा यीउस के सुखी जीवन की राख तक नहीं बची थी। कर्नल लासारो अपोन्ते की चौकसी के बावजूद उस घर से चीज़ें धीरे-धीरे ग़ायब हो रही थीं, यहाँ तक कि मोम्पॉक्स के कुशल कारीगरों द्वारा बनाई गई छह आईनों वाली बड़ी अलमारी भी जिसे घर के अन्दर ही जोड़ना पड़ा था क्योंकि दरवाज़े से घुस नहीं रही थी—वह भी ग़ायब थी। पहले तो विधुर यीउस बहुत ख़ुश हुआ क्योंकि उसको लगा कि उसकी पत्नी वह सब ले जा रही है, जो उसका था। कर्नल लासारो अपोन्ते ने उसका मज़ाक़ उड़ाया। लेकिन एक रात उन्हें सूझा कि इस राज़ का खुलासा करने के लिए आत्मा को बुला लेना चाहिए और योलांडा यीउस की आत्मा ने अपनी लिखावट में पुष्टि की कि अपनी क़ब्र के लिए वह ही उस घर से चीज़ें उठा रही थी। वह घर ढहने लगा। शादी वाली कार का दरवाज़ा निकल रहा था और अन्त में वह ढाँचा भर रह गया था। कई साल तक

उसके मालिक की कोई ख़बर नहीं मिली। रिपोर्ट में उसका बयान है लेकिन काफ़ी छोटा और औपचारिक है, इससे ज़ाहिर है कि आख़िरी समय पर सिर्फ़ ख़ानापूर्ति के लिए उसे शामिल किया गया। मैंने तेईस साल बाद एक बार फिर उससे बात करने की कोशिश की तो उसका रवैया काफ़ी आक्रामक था और उसने कुछ भी बताने से इनकार कर दिया जिससे उस ड्रामे में उसके किरदार के बारे में कुछ मालूम पड़ सकता था। वैसे भी, उसका परिवार भी उसके बारे में उतना ही जानता था जितना हम जानते थे और उन्हें ज़रा भी अन्दाज़ा नहीं था कि वह उस भूले-बिसरे शहर में क्या करने आया था। उसका एक ही मक़सद मालूम पड़ता था—वह था एक ऐसी महिला से शादी करना, जिसे उसने पहले कभी नहीं देखा था।

दूसरी तरफ़ मुझे आंखेला विकारियो की लगातार ख़बर मिलती रही जिसकी वजह से मेरे ज़हन में उसकी एक आदर्श तसवीर बन गई। मेरी बहन, जो नन थी, आख़िर में कुछ बचे हुए मूर्तिपूजकों को धर्म परिवर्तन करवाने की कोशिश में लगातार ऊपरी गुआहिरा जाती थी और आमतौर पर कैरीबियाई शहर में रुककर आंखेला विकारियो से बात करती थी जहाँ उसकी माँ ने उसे ज़िन्दा दफ़न करने की कोशिश की थी। "तुम्हारी बहन का प्रणाम," मेरी बहन हमेशा मुझे कहती। शुरू के कुछ सालों में मेरी बहन मारगोत भी उससे मिलने गई। उसने मुझे बताया था कि आंखेला विकारियो ने एक पक्का घर ख़रीद लिया था जिसमें एक बड़ा-सा बरामदा था और खूब हवा व रोशनी थी। बस एक ही दिक़्क़त थी कि ज्वार-भाटा वाली रातों में शौचालय में पानी लौटकर आता और भोर के समय कमरों में मछलियाँ फड़फड़ाती मिलतीं। उस दौरान जिस किसी ने उसे देखा, इस बात से सहमत था कि वह अपनी कढ़ाई की मशीन पर लगी रहती, वह काफ़ी कुशल थी और मेहनत से सबकुछ भूलने में कामयाब रही थी।

काफ़ी साल बाद, अनिश्चितता के एक दौर में जब मैं गुआहिरा के शहरों में विश्वकोश और चिकित्सीय किताबें बेचकर ख़ुद को खोजने की कोशिश कर रहा था, संयोगवश मैं मूल निवासियों के उस क़ब्रिस्तानी शहर में जा पहुँचा। समुद्र के सामने एक घर की खिड़की पर कुछ-कुछ शोक में डूबी एक महिला दोपहर के सबसे गर्म पहर में मशीन से कढ़ाई कर रही थी; उसका स्टील के फ्रेम का चश्मा था और बाल पीले थे। उसके सिर के ऊपर पिंजरे में कनारी चिड़िया लगातार गा रही थी। जब मैंने उसे उस तरह देखा, उस खिड़की के सुरम्य दृश्य में, तो मुझे विश्वास नहीं हुआ कि यह वही महिला थी जो मैं सोच रहा था, क्योंकि मैं मानने को तैयार नहीं था कि ज़िन्दगी घटिया साहित्य जैसी हो सकती है। लेकिन यह वही थी—आंखेला विकारियो, उस प्रकरण के तेईस साल बाद।

मेरे प्रति उसका बर्ताव हमेशा ही एक दूर के रिश्तेदार जैसा था और उसने मेरे सवालों का जवाब हमेशा ठीक से और विनोदपूर्ण ढंग से दिया। वह इतनी परिपक्व और हाज़िरजवाब हो गई थी कि विश्वास करना मुश्किल था कि यह वही इनसान है। मुझे सबसे ज़्यादा ताज्जुब इस पर हुआ जिस तरह उसने अपनी ज़िन्दगी को समझा था। कुछ पल बाद मुझे वह उतनी बूढ़ी नहीं लगी जितनी पहली नज़र में लगी थी, बल्कि मेरी यादों जितनी जवान मालूम पड़ रही थी और उस इनसान से बिलकुल अलग थी जिसे बीस साल की उम्र में बिना प्यार के शादी करने के लिए मजबूर किया गया था। बुढ़ापे की चिड़चिड़ाहट में उसकी माँ मुझे ऐसे मिलीं मानो मैं एक ज़िद्दी भूत था। उन्होंने बीते समय के बारे में बात करने से साफ़ मना कर दिया। मेरी माँ से कहे गए उनके दो-चार वाक्यों और अपनी याददाश्त से बताए गए कुछ वाक्यों से ही काम चलाना पड़ा। उन्होंने हर कोशिश कर ली थी कि आंखेला विकारियो मर जाए लेकिन बेटी ने उनके इरादों पर पानी फेर दिया था। उसने अपनी बदक़िस्मती को कभी छिपाया नहीं

बल्कि वह तो अपनी बदक़िस्मती का क़िस्सा हर उस व्यक्ति को सुनाती जो सुनना चाहता, बस एक बात की कभी पुष्टि नहीं हुई कि उसके दुर्भाग्य के लिए कौन ज़िम्मेदार था तथा क्यों और कैसे? असल में कोई भी मानने को तैयार नहीं था कि सान्तियागो नासार क़सूरवार था। दोनों की दुनिया एकदम अलग थी। दोनों को किसी ने भी कभी साथ नहीं देखा था, अकेले में साथ होना तो दूर की बात थी। सान्तियागो नासार में इतना घमंड था कि आंखेला विकारियो की तरफ़ उसका ध्यान कहाँ जाने वाला था। "तुम्हारी बुद्धू बहन," वह मुझे कहता जब भी आंखेला विकारियो का ज़िक्र करता। वैसे भी, जैसा हम उन दिनों कहते थे, सान्तियागो नासार गिद्ध सरीखा मुर्ग़ा था। अकेले निकलता था, बिलकुल अपने पिता की तरह और जंगल में मिलने वाली किसी भी कमसिन कली को मसल देता था। लेकिन शहर में फ्लोरा मिगेल के साथ औपचारिक रिश्ते और चौदह महीने तक उसे पागल करने वाली मारिया अलेखनद्रीना सेरवांतेस के साथ तूफ़ानी रिश्ते के अलावा उसका कोई और रिश्ता कभी सामने नहीं आया। आजकल फैली चर्चा, शायद सबसे विकृत चर्चा थी कि आंखेला विकारियो किसी ऐसे शख़्स को बचा रही थी, जो उससे बहुत प्यार करता था और उसने सान्तियागो नासार का नाम लेने का फ़ैसला इसलिए किया था क्योंकि उसे लगा था कि उसके भाई सान्तियागो नासार से भिड़ने की हिम्मत नहीं करेंगे। जब मैं आंखेला विकारियो से दूसरी बार मिला तो अपने सब तर्क लगाकर मैंने उससे सच उगलवाने की कोशिश की लेकिन उसने मेरे तर्कों को दरकिनार कर दिया, बिना अपने कढ़ाई के काम से आँख तक उठाए। "उस बात को रहने दो भाई," आंखेला ने मुझसे कहा। "वही था।"

बाक़ी सब उसने बेझिझक बताया, अपनी सुहागरात की त्रासदी भी। उसने बताया कैसे उसकी सहेलियों ने उसे कहा था कि पति को इतनी शराब पिलाए कि वह बिस्तर में बेहोश हो जाए और ज़रूरत से ज़्यादा

शर्म का नाटक करे ताकि पति बत्ती बुझा दे, कुमारी होने का नाटक करने के लिए फिटकरी का प्रसेक ले और चादर पर मरक्युरोक्रोम से दाग लगा ले ताकि अगले दिन बालकनी में नुमाइश कर सके। उसकी सहेलियाँ दो चीज़ों को ध्यान में रखने से चूक गई थीं—बेयार्डो सान रोमान की दारू सहने की असाधारण क्षमता और उसकी माँ द्वारा थोपी मूर्खता में छिपी आंखेला विकारियो की विशुद्ध शराफ़त। "मैंने उनके बताए नुस्ख़ों में से एक भी नहीं अपनाया," आंखेला विकारियो ने कहा, "क्योंकि मैंने इस बारे में जितना सोचा, मुझे उतना ही घिनौना लगा, ऐसा जो किसी के साथ नहीं करना चाहिए; ख़ासतौर से उस बेचारे आदमी के साथ जिसकी बदक़िस्मती थी मुझसे शादी करना।" इसलिए उसने अपने पति को सुहागरात मनाते वक़्त बत्ती बुझाने के लिए नहीं कहा। वह हर उस डर से मुक्त हो गई थी जिससे उसकी ज़िन्दगी ख़राब हुई थी। "बहुत आसान था," उसने कहा, "क्योंकि मैंने मरने का मन बना लिया था।"

सच तो यह है कि वह अपनी बदक़िस्मती के बारे में बिना शर्म के बात करती थी क्योंकि वह एक दूसरी बदक़िस्मती छिपा रही थी, असली वाली, जो उसको अन्दर ही अन्दर खा रही थी। किसी को शक भी नहीं होता अगर उसने मुझे नहीं बताया होता कि जिस पल बेयार्डो सान रोमान उसे वापस घर लाया था उसी पल से वह आंखेला विकारियो की ज़िन्दगी में हमेशा के लिए बस गया था। एक संघातिक प्रहार था। "अचानक जब माँ ने मुझे पीटना शुरू किया तो मैंने उसे याद करना शुरू कर दिया," उसने मुझसे कहा। मार से उतना दर्द नहीं हो रहा था क्योंकि आंखेला विकारियो को पता था कि यह मार बेयार्डो सान रोमान के लिए थी। डाइनिंग रूम के सोफ़े पर लेटकर रोते हुए उसे ख़ुद पर भी आश्चर्य हुआ जब उसने ख़ुद को बेयार्डो सान रोमान के बारे में सोचते पाया। "मैं मार से या फिर जो कुछ हुआ उसके कारण नहीं रो रही थी," उसने मुझसे

कहा। "मैं तो उसके लिए रो रही थी।" जब उसकी माँ उसके चहरे पर आर्निका लगा रही थी तब भी आंखेला विकारियो बेयार्डो सान रोमान के बारे में सोच रही थी और जब बाहर सड़क पर शोर सुनाई दिया या घंटाघर में फायर अलार्म या जब उसकी माँ कहने आई कि अब वह सो सकती है क्योंकि बुरा वक़्त बीत चुका है, तब भी वह बेयार्डो सान रोमान के बारे में सोच रही थी।

लम्बे समय से आंखेला विकारियो बिना किसी भ्रम के बेयार्डो सान रोमान के बारे में उस वक़्त भी सोच रही थी जब एक दिन उसे माँ के साथ उनकी आँखों की जाँच कराने रिओआचा के अस्पताल जाना पड़ा। रास्ते में वे लोग होटल देल प्यूर्तो में रुके, जिसके मालिक से उनकी जान-पहचान थी और पुरा विकारियो ने एक गिलास पानी माँगा। वह बेटी की तरफ़ पीठ करके पानी पी रही थीं जब आंखेला विकारियो ने कमरे में लगे शीशों में अपने ख़यालों की छवि देखी। आंखेला विकारियो एक आख़िरी साँस के साथ मुड़ी और बेयार्डो सान रोमान को वहाँ से जाते देखा। वह उसे देखे बिना होटल के बाहर चला गया। फिर आंखेला विकारियो ने अपनी माँ की तरफ़ देखा, उसके दिल के चीथड़े हो रहे थे। पुरा विकारियो पानी पी चुकी थी, उन्होंने बाजू से मुँह पोंछा और नये चश्मे से बेटी को देखकर मुस्कराई। उस मुस्कराहट में, अपनी ज़िन्दगी में पहली बार आंखेला विकारियो ने उन्हें सही रूप में देखा, जैसे वह वाक़ई थीं—एक बेचारी महिला, कमियों के अपने सम्प्रदाय को समर्पित। "साला," उसने ख़ुद से कहा और वापसी में पूरे रास्ते वह ज़ोर-ज़ोर से गाने गाती रही और लौटकर बिस्तर पर पड़ गई तथा तीन दिन तक रोती रही।

उसका पुनर्जन्म हुआ। "मैं बेयार्डो सान रोमान के लिए पागल हो गई थी," उसने मुझे बताया, "एकदम पागल।" उसे देखने के लिए आंखेला विकारियो को सिर्फ़ आँखें बन्द भर करनी होती थीं और उसके दिल के

समन्दर में उसकी साँसों की आवाज़ सुनाई देती थी तथा आधी रात को बिस्तर में उसके तन की गर्मी उसे जगा देती। उस हफ़्ते के अन्त में, जब उसे पल-भर का भी सुकून नहीं मिला था, उसने बेयार्डो सान रोमान को पहला ख़त लिखा। यह एक आम चिट्ठी थी, जिसमें उसने लिखा कि उसने बेयार्डो सान रोमान को होटल से निकलते देखा था और अच्छा होता अगर उसने भी आंखेला विकारियो को देखा होता। वह व्यर्थ ही जवाब का इन्तज़ार करती रही। दो महीने बाद, इन्तज़ार से थककर उसने एक और चिट्ठी लिखी। इसकी भाषा भी पिछली चिट्ठी की भाषा जैसी थी जिसमें घुमा-फिराकर उसे शिष्टाचार की कमी के लिए टोका गया था। छह महीने बाद वह छह चिट्ठियाँ लिख चुकी थी और किसी का भी जवाब नहीं आया था लेकिन उसे यह चिट्ठियाँ मिल रही थीं, इसके सबूत से ही उसने ख़ुद को दिलासा दे लिया।

ज़िन्दगी में पहली बार अपनी क़िस्मत की मालकिन आंखेला विकारियो को अहसास हुआ कि नफ़रत और प्यार एक ही सिक्के के दो पहलू हैं। जितनी चिट्ठियाँ भेजती उतनी आग उसके अन्दर भड़कती लेकिन साथ ही अपनी माँ के प्रति उसका सुखद विद्वेष भी बढ़ रहा था। "उन्हें देखने भर से मुझे मितली होने लगती थी," उसने मुझे बताया। "लेकिन उनको देखती तो उसको (बेयार्डो सान रोमान) याद किये बिना नहीं रह पाती।" एक छोड़ी हुई पत्नी के रूप में उसकी ज़िन्दगी चलती रही, किसी अविवाहित महिला की ज़िन्दगी सरीखी, अभी भी अपनी सहेलियों के साथ मशीन से कढ़ाई करते हुए वह पहले की तरह कपड़े के फूल और चिड़िया बनाती थी लेकिन जब उसकी माँ सोने चली जातीं, वह भोर तक उसी कमरे में बैठकर चिट्ठियाँ लिखती जिनका कोई भविष्य नहीं था। वह प्रसन्नमुख व रोबदार हो गई थी, अपनी मर्ज़ी की मालकिन, और एक बार फिर कुमारी हो गई, सिर्फ़ बेयार्डो सान रोमान के लिए और अपने अलावा वह किसी

की सत्ता को नहीं मानती थी तथा अपने जुनून के अलावा किसी भी काम का उसके लिए कोई महत्त्व नहीं था।

आधी से ज़्यादा ज़िन्दगी उसने हर हफ़्ते एक चिट्ठी लिखी। "कभी-कभी मुझे समझ नहीं आता कि क्या कहूँ," ज़ोर से हँसते हुए उसने मुझे बताया। "लेकिन मेरे लिए इतना जानना काफ़ी था कि उसको ये चिट्ठियाँ मिल रही थीं।" शुरू में ये एक मंगेतर के ख़त थे, फिर एक गुप्त प्रेमिका के, फिर एक रहस्यमयी प्रेमिका के सुगन्धित कार्ड, बिज़नेस के काग़ज़ात और प्रेम के दस्तावेज़ तथा आख़िर में एक छोड़ी हुई पत्नी के रुष्ट ख़त जो उसे वापस बुलाने के लिए क्रूर से क्रूर बीमारियाँ ईजाद करती थी। एक रात, अच्छे मूड में चिट्ठी ख़त्म हुई तो उस पर स्याही की बोतल गिर गई और उसे फाड़ने की जगह आंखेला विकारियो ने नीचे लिख दिया, "अपने प्यार के सबूत के तौर पर अपने आँसू भेज रही हूँ।" कभी-कभी रोने से थककर वह अपने पागलपन का मज़ाक़ उड़ाती। छह बार महिला डाकपाल बदली गई और छह बार उसने उनको सहभागी बना लिया। उसे एक ही चीज़ नहीं सूझी और वह था हार मानना। लेकिन बेयार्डो सान रोमान उसके पागलपन से अप्रभावित रहा; मानो वह शून्य में लिख रही थी एक ऐसे इनसान को, जो था ही नहीं।

दसवें साल की एक सुबह जब हवा चल रही थी आंखेला विकारियो इस निश्चितता के साथ उठी कि बेयार्डो सान रोमान उसके बिस्तर में नग्न था। फिर उसने बेयार्डो सान रोमान को एक उत्तेजित चिट्ठी लिखी, बीस पन्नों की, और बिना शर्म के अपने दिल का सारा गुबार निकाल दिया, दिल के सारे कड़वे सच कह डाले जो उस बदक़िस्मत रात से उसके दिल में सड़ रहे थे। उसने अन्दरूनी घावों के उन शाश्वत निशानों के बारे में लिखा, जो बेयार्डो सान रोमान ने उसके शरीर पर छोड़े थे, उसकी जीभ के नमक के बारे में, और उसके लिंग की उग्रता के बारे

में। शुक्रवार को महिला डाकपाल उसके घर कढ़ाई करने और चिट्ठियाँ लेने आती थी। आंखेला विकारियो ने उसे यह चिट्ठी दे दी, उसे विश्वास था कि यह आख़िरी ख़त उसकी यंत्रणा का अन्त होगा। लेकिन कोई जवाब नहीं आया। इसके बाद उसे कोई अहसास नहीं था कि किसको लिख रही है, क्या लिख रही है लेकिन सत्रह साल तक वह बिना नागा लिखती रही।

अगस्त की एक दोपहर, जब आंखेला विकारियो अपनी सहेलियों के साथ बैठकर कढ़ाई कर रही थी, उसे दरवाज़े पर किसी के आने की आहट सुनाई दी। उसे देखने की भी ज़रूरत नहीं थी, जानने के लिए कि कौन आया था। "वह मोटा था, उसके बाल उड़ने लगे थे और उसे नज़दीक की चीज़ें देखने के लिए चश्मे की ज़रूरत पड़ने लगी थी," आंखेला विकारियो ने मुझे बताया। "लेकिन वही था, साला, वही था!" वह डर रही थी क्योंकि जानती थी कि वह भी उसे इसी तरह ढलता हुआ देख रहा था जैसे वह देख रही थी। आंखेला विकारियो को नहीं लगता था कि बेयार्डो सान रोमान उससे उतना प्यार करता था जितना उसे था। उसकी कमीज़ पसीने से भीगी हुई थी, वैसे ही जैसे तब थी जब पहली बार उसने मेले में उसे देखा था और उसने वही बेल्ट पहनी हुई थी और उसके पास चाँदी की सजावट वाले वही अनसिले बस्ते थे। वहाँ बैंठी क़ढ़ाई करने वाली महिलाओं से बेपरवाह बेयार्डो सान रोमान ने क़दम बढ़ाया, और अपने बस्ते सिलाई मशीन पर रख दिये।

"तो," उसने कहा, "मैं आ गया।"

उसके पास कपड़ों की एक अटैची थी और उसी अटैची जैसी दूसरी थी जिसमें दो हज़ार से ज़्यादा चिट्ठियाँ थीं जो आंखेला विकारियो ने उसे लिखी थीं। चिट्ठियाँ तारीख़ के हिसाब से लगी थीं और लाल रिबन से बँधी थी तथा उनमें से एक भी खुली नहीं थी।

वर्षों तक हम किसी और चीज़ के बारे में बात नहीं कर सके। ढेर सारी एकांगी आदतों से प्रभावित हमारी दैनिक दिनचर्या अचानक एक जैसी चिन्ता के चारों तरफ़ घूमने लगी थी। भोर के समय बाँग देते मुर्ग़े हमें इस विसंगति को मुमकिन बनाने वाले घटनाक्रम को समझने में सक्षम बनाने की कोशिश करते और साफ़ था कि हम ऐसा किसी रहस्य को सुलझाने के लिए नहीं कर रहे थे बल्कि इसलिए कि हम में से कोई क़िस्मत के इस खेल में अपने किरदार के बारे में जाने बिना जी नहीं सकता था।

बहुत-से लोगों को कभी पता नहीं चला। क्रिस्तो बेदोया, जो आगे चलकर बहुत बड़ा डॉक्टर बना, कभी समझ ही नहीं पाया कि वे माता- पिता जो भोर से ही उसको आगाह करने के लिए इन्तज़ार कर रहे थे, उनके घर जाने की जगह वह क्यों बिशप के आने तक अपने दादा-दादी के घर रुक गया था। लेकिन अधिकतर लोग, जो इस अपराध को रोकने के लिए कुछ कर सकते थे, लेकिन किया नहीं, वे ख़ुद को दिलासा दे रहे थे कि इज़्ज़त के मामले पवित्र एकाधिकार की तरह होते हैं और सिर्फ़ उनको ही

इस मामले में हिस्सा लेने का हक़ होता है जो इस मुद्दे से सीधे प्रभावित हों। "इज़्ज़त ही प्यार है," मैंने अपनी माँ को कहते सुना। ऑरतेंसिया बाउते, जिसकी हिस्सेदारी इतनी थी कि उसने दो ख़ूनी छुरे देखे थे, जिन पर अभी तक ख़ून के निशान नहीं थे, अपने भ्रम से इतनी परेशान हो गई एवं पश्चात्ताप की आग में इस क़दर जली कि उससे बर्दाश्त नहीं हुआ और एक दिन सड़क पर बिना कपड़ों के दौड़ पड़ी। सान्तियागो नासार की मंगेतर मिगुएल इस सारे क़िस्से से परेशान होकर सीमा सुरक्षा बल के एक सिपाही के साथ भाग गई जिसने उसे विचादा के रबर कर्मचारियों में बेच दिया। तीन पीढ़ियों को इस दुनिया में लाने वाली दाई ऑरा विलेरोस ने जब यह ख़बर सुनी तो उसका मूत्राशय अकड़ गया और मरते दम तक पेशाब करने के लिए उसे कैथेटर का इस्तेमाल करना पड़ा। छियासी साल की उम्र में भी सजग, क्लोतील्द आर्मेन्ता का भला पति डॉन रोखेलिओ दे ला फ्लोर, आख़िरी बार यह देखने के लिए उठा कि उसके बन्द दरवाज़े पर कैसे सान्तियागो नासार के टुकड़े कर दिये गए थे। वह इस सदमे को बर्दाश्त नहीं कर पाया और भगवान को प्यारा हो गया। प्लासीदा लिनेरो ने आख़िरी समय में दरवाज़ा बन्द कर लिया था लेकिन समय के साथ उसने ख़ुद को अपराध-बोध से मुक्त कर लिया। "मैंने इसलिए बन्द किया था क्योंकि दिवीना फ्लोर ने मुझसे क़सम खाई थी उसने मेरे बेटे को घर आते देखा था," उसने मुझे बताया, "और यह ग़लत था।" दूसरी तरफ़ उसने पेड़ों और चिड़ियों के अपशकुन को ग़लत पढ़ने के लिए ख़ुद को कभी माफ़ नहीं किया और उसे हलीम के बीज चबाने की पुरानी हानिकारक लत फिर से लग गई।

अपराध होने के बारह दिन बाद जब मजिस्ट्रेट जाँच करने के लिए आया तो उसने पाया कि शहर का ज़ख़्म हरा था। टाउन हॉल के गंदे दफ़्तर में, गर्मी को दूर रखने के लिए गन्ने की मदिरा वाली कॉफ़ी पीते

हुए उसे अतिरिक्त सैनिक बुलवाने पड़े ताकि मामले में अपनी हिस्सेदारी दर्ज कराने के लिए बिन बुलाए गवाही देने आए लोगों की भीड़ को क़ाबू किया जा सके। उसने हाल में ही पढ़ाई ख़त्म की थी और अभी भी लॉ कॉलेज का काला सूट पहना हुआ था और साथ ही सोने की अँगूठी भी, जिस पर उसकी डिग्री का चिह्न अंकित था। वह हाल ही में बाप बनने की ख़ुशी से सराबोर था। लेकिन मैं उसका नाम कभी नहीं जान पाया। उसके बारे में जो कुछ भी मालूम हुआ, वह उस रिपोर्ट से पता लगा, जिसे बीस वर्ष बाद रिओआचा के पैलेस ऑफ़ जस्टिस (कोर्ट) में कई लोगों ने ढूँढ़ने में मेरी मदद की थी। वहाँ फ़ाइल रखने का कोई तरीक़ा नहीं था। सौ साल से ज़्यादा पुराने केसों की फ़ाइलों का ढेर ज़मीन पर लगा था। वह जर्जर उपनिवेशी इमारत थी जो दो दिन के लिए सर फ्रांसिस ड्रेक का मुख्यालय रही थी। ज्वार के चलते उसकी निचली मंज़िल में कभी-कभी पानी भर जाता था और उन वीरान दफ़्तरों में फ़ाइलें तैरती थीं। कई बार मैंने ख़ुद, खोई हुई बाज़ियों की उस झील में टखनों तक पानी में घुसकर फ़ाइलें खोजने की कोशिश की थी और क़िस्मत से पाँच वर्षों की खोज के बाद मैं 500 पन्नों की रिपोर्ट के 322 पन्ने ढूँढ़ पाया था।

जज का नाम किसी पन्ने पर नहीं लिखा था लेकिन एक चीज़ साफ़ थी कि वह साहित्य के बुख़ार से तप रहा था। ज़ाहिर था कि उसने स्पेनी साहित्य के श्रेष्ठ ग्रंथ पढ़ रखे थे और कुछ लैटिन के भी; उसे नीत्शे के बारे में भी जानकारी थी, जो उस समय के मजिस्ट्रेटों के बीच लोकप्रिय थे। किनारे पर लिखी टिप्पणियाँ ख़ून से लिखी मालूम पड़ रही थीं, उनकी रंगत केवल स्याही के रंग की वजह से नहीं थी। क़िस्मत से जो रहस्य उसके हिस्से आया था, उससे वह इतना ज़्यादा अभिभूत था कि कई बार अपने पेशे के स्वभाव के विपरीत काव्यात्मक भाषा का शिकार हो जाता था। सबसे ज़्यादा तो उसे यह सही नहीं लगा था कि किसी निषिद्ध साहित्य

की तरह ज़िन्दगी में इतने सारे संयोग हों ताकि इतने स्पष्ट रूप से ऐलानिया मौत को अंजाम दिया जा सके।

जो भी हो, काफ़ी परिश्रम के बाद उसे जिस बात की चिन्ता थी वह थी कि उसे कोई सबूत नहीं मिला था, कोई इशारा तक नहीं कि सान्तियागो नासार क़सूरवार था। आंखेला विकारियो की सहेलियाँ, जिन्होंने छल करने में उसका साथ दिया था, लम्बे समय तक कहती रहीं कि उसने शादी के पहले उन लोगों के साथ अपना राज़ साझा किया था, लेकिन वह उन्हें कोई नाम नहीं बता सकी थी। अपने बयान में उन्होंने कहा, "उसने हमें चमत्कार के बारे में तो बताया लेकिन संत के बारे में नहीं।" दूसरी तरफ़ आंखेला विकारियो टस से मस नहीं हो रही थी। जब जाँचकर्ता ने अपने तीख़े व टेढ़े अन्दाज़ में उससे पूछा—क्या वह जानती थी कि मृतक सान्तियागो नासार कौन था तो आंखेला विकारियो ने भावशून्य ढंग से जवाब दिया—

"वह मेरा अपराधी था।"

रिपोर्ट में भी उसने यही कहा; बिना कब, कैसे और कहाँ के ज़िक्र के। उस मुकदमे के दौरान, जो सिर्फ़ तीन दिन चला, पब्लिक प्रॉसीक्यूटर ने इस आरोप की कमज़ोरी सिद्ध करने में जान लगा दी। जाँच कर रहा मजिस्ट्रेट सान्तियागो नासार के ख़िलाफ़ सबूत की कमी को लेकर इस क़दर परेशान था कि कई बार उसका शानदार काम मायूसी से विध्वस्त मालूम पड़ता था। पेज नम्बर 416 पर, उसने दवाई विक्रेता की लाल स्याही से ख़ुद किनारे पर लिखा था, "मुझे एक पूर्वग्रह दो और मैं दुनिया हिला दूँगा।" निराशा के इस कथित कथन के नीचे उसने उसी ख़ूनी स्याही से एक दिल बनाया था जिसे एक तीर भेद रहा था। सान्तियागो नासार के क़रीबी दोस्तों की तरह उसके लिए भी सान्तियागो नासार का अपनी ज़िन्दगी के आख़िरी घंटों का रवैया उसकी बेग़ुनाही का सबसे बड़ा सबूत था।

अपनी मौत की सुबह सान्तियागो नासार क़तई विचलित नज़र नहीं

आया था, हालाँकि उसे अच्छी तरह मालूम था कि उस इलज़ाम का अंजाम क्या होता। वह अपनी दुनिया के अति नैतिक रवैये से भली-भाँति परिचित था और उसे ज़रूर मालूम रहा होगा कि विकारियो बन्धुओं का सरल मिज़ाज किसी तरह की तौहीन बर्दाश्त नहीं करेगा। बेयार्डो सान रोमाँन को कोई भी अच्छे से नहीं जानता था लेकिन सान्तियागो नासार उसे इतना तो जानता समझता था कि दुनियादारी की जो चादर उसने ओढ़ रखी थी उसके नीचे बेयार्डो सान रोमान भी सबकी तरह अपने मूल पूर्वग्रहों से ग्रसित था। इसलिए उसकी बेपरवाही तो सिर्फ़ आत्महत्या ही हो सकती थी। इसके अलावा, आख़िरी मौक़े पर जब उसे पता चला कि विकारियो बन्धु उसकी हत्या करने के इरादे से उसका इन्तज़ार कर रहे हैं, तो वह घबराया नहीं, उसे तो बस हैरानी हुई, एक बेगुनाह इनसान की हैरानी।

मेरा अपना मानना है कि अपनी मौत का सबब समझे बिना ही वह मर गया। उसने मेरी बहन मारगोत को नाश्ते पर घर आने का वादा किया था। क्रिस्तो बेदोया उसकी बाँह पकड़कर उसे डॉक की तरफ़ ले गया था; दोनों इतने बेफ़िक्र लग रहे थे कि सबको ग़लतफ़हमी हो गई। "दोनों इतने इत्मीनान से जा रहे थे," मेमे लोईसा ने मुझे बताया, "कि मैंने भगवान का शुक्रिया अदा किया क्योंकि मुझे लगा कि मामला सुलट गया है।" ज़ाहिर है सबको सान्तियागो नासार उतना पसन्द नहीं था। बिजलीघर का मालिक पोलो कार्रिलो उसकी बेफ़िक्री को बेगुनाही नहीं बल्कि बेपरवाही मानता था। "उसे लगता था कि उसके पैसे की वजह से उसे कोई छू नहीं सकता," पोलो कार्रिलो ने मुझे कहा। उसकी पत्नी फ़ॉस्ता लोपेज़ ने कहा, "सब तुर्कों की तरह।" इंदालेसिओ पारदो उसी वक़्त क्लोतील्द आर्मेन्ता की दुकान के सामने से निकला था और विकारियो बन्धुओं ने उससे कहा था कि बिशप के रवाना होते ही वे सान्तियागो नासार को मार देंगे। कई सारे दूसरे लोगों की तरह उसने भी सोचा कि ये सिर्फ़ बातें हैं,

जल्दी उठनेवालों की कल्पना की तरह, लेकिन क्लोतील्द आर्मेन्ता ने उसे यक़ीन दिला दिया कि यह सच है और उससे कहा कि सान्तियागो नासार को ढूँढ़े और सचेत कर दे।

"रहने दो," पेद्रो विकारियो ने कहा, "जो भी कर लो यह मानो कि उसकी मौत निश्चित है।"

चुनौती साफ़ थी—विकारियो बन्धु इंदालेसिओ पारदो और सान्तियागो नासार के क़रीबी रिश्ते से वाक़िफ़ थे इसलिए उन्हें लगा होगा कि वह इस अपराध को रोक सकता था और साथ ही उनकी बेइज़्ज़ती होने से भी बचा सकता था। लेकिन इंदालेसिओ पारदो ने सान्तियागो नासार को डॉक से क्रिस्तो बेदोया के साथ जाते देखा लेकिन आगाह करने की उसकी हिम्मत नहीं हुई। "मैं हिम्मत नहीं जुटा पाया," उसने मुझे बताया। उसने उन दोनों की पीठ थपथपाई और जाने दिया। उन दोनों ने तो ध्यान भी नहीं दिया क्योंकि उनका पूरा ध्यान शादी का ख़र्च जानने में था।

लोग वहाँ से निकल रहे थे और उन दोनों की तरह चौक की तरफ़ जा रहे थे। अच्छी-ख़ासी भीड़ थी लेकिन एस्कोलास्तिका सिसनेरो को लगा कि उसने देखा था कि दोनों दोस्त बीच में एक ख़ाली गोले में चल रहे थे क्योंकि लोगों को मालूम था कि सान्तियागो नासार मरने वाला है और उसे छूने की उनकी हिम्मत नहीं हो रही थी। क्रिस्तो बेदोया को भी लोगों का अजीब रवैया याद था। "वे हमें ऐसे देख रहे थे मानो हमारे चेहरे रँगे हुए हों," उसने मुझे बताया। सारा नोरिएगा उसी समय अपनी जूतों की दुकान खोल रही थी जब वे वहाँ से गुज़रे और वह सान्तियागो नासार का पीलापन देखकर डर गई। लेकिन सान्तियागो नासार ने उसे तसल्ली दी।

"आप समझ सकती हैं, सारा," उसने बिना रुके कहा, "इतना शोरगुल!"

सेलेस्ते देंगोद अपने घर के बाहर पाजामे में बैठा बिशप का अभिनन्दन

करने गए लोगों का मज़ाक़ उड़ा रहा था और उसने सान्तियागो नासार को कॉफ़ी पीने के लिए आमंत्रित किया। "ऐसा उसने सोचने के लिए थोड़ा और समय पाने के लिए किया था," उसने मुझे बताया। लेकिन सान्तियागो नासार ने कहा कि वह जल्दी में है क्योंकि उसे कपड़े बदलने थे और मेरी बहन के साथ नाश्ता करना था। "मैं चकरा गया," सेलेस्ते देंगोद ने मुझे कहा। "क्योंकि मुझे अचानक लगा कि अगर वह इतना आश्वस्त था कि क्या-क्या करने वाला है तो फिर उसके क़त्ल की ख़बर ग़लत होगी।" केवल यामिल शैयूम अकेला था जिसने वह किया जो करना चाहिए था। जैसे ही उसने अफ़वाह सुनी, अपने राशन की दुकान से निकला और सान्तियागो नासार का इन्तज़ार करने लगा ताकि उसे आगाह कर सके। वह इब्राहिम नासार के साथ आने वाले आख़िरी अरबों में से था और मरते दम तक ताश खेलने में उसका साथी रहा था, और अब भी परिवार का सलाहकार था। सान्तियागो नासार से बात करने के लिए उससे ज़्यादा अधिकार किसी के पास नहीं था। लेकिन उसे लगा कि अगर यह अफ़वाह महज़ अफ़वाह ही है तो सान्तियागो नासार बेकार में परेशान हो जाएगा, उसने सोचा कि पहले क्रिस्तो बेदोया से बात कर लेनी चाहिए क्योंकि उसके पास ज़्यादा जानकारी होगी। जब क्रिस्तो बेदोया और सान्तियागो नासार वहाँ से गुज़रे तो यामिल शैयूम ने क्रिस्तो बेदोया को आवाज़ दी। चौक के कोने पर पहुँच चुके क्रिस्तो बेदोया ने सान्तियागो नासार की पीठ थपथपाई और कहा, "शनिवार को मिलते हैं।"

सान्तियागो नासार ने कोई जवाब नहीं दिया लेकिन यामिल शैयूम से अरबी में कुछ कहा और उसने भी अरबी में जवाब दिया फिर दोनों हँस दिये। "हम लोग श्लेष का मज़ा लेते थे," यामिल शैयूम ने मुझे बताया। बिना रुके सान्तियागो नासार ने उन दोनों की तरफ़ हाथ हिलाया और चौक के पार चला गया। इसके बाद दोनों ने उसे कभी नहीं देखा।

क्रिस्तो बेदोया सिर्फ़ यामिल शैयूम की बात सुनने तक रुका और सान्तियागो नासार के पीछे भागा। क्रिस्तो बेदोया ने उसे चौक के कोने पर देखा था लेकिन भीड़ में वह नज़र नहीं आया। उसने कई लोगों से पूछा और उसे एक ही जवाब मिला—

"अभी तुम्हारे साथ ही तो देखा था।"

इतनी जल्दी घर पहुँचना मुश्किल था लेकिन हो सकता है अभी-अभी अन्दर गया हो। चूँकि सामने का दरवाज़ा खुला था तो वह भी अन्दर चला गया। वह घर में घुसा लेकिन उसने ज़मीन पर पड़ा काग़ज़ नहीं देखा। वह परछाइयों से भरे लिविंग रूम से गुज़रा क्योंकि लोगों के आने के लिए अभी बहुत सवेरा था; लिहाज़ा उसने कोशिश की कि आवाज़ ना हो फिर भी कुत्ते जाग गए और उससे मिलने आ गए। उसने उन्हें अपनी चाबी से शान्त किया, जैसा उसने उनके मालिक से सीखा था और रसोई की तरफ़ गया। कुत्ते उसके पीछे चल दिये। बरामदे में उसे दिवीना फ्लोर मिली; उसके हाथ में पानी की बाल्टी और पोंछा था। वह लिविंग रूम साफ़ करने ज़ा रही थी। उसने विश्वास दिलाया कि सान्तियागो नासार अभी तक नहीं लौटा था। जब वह रसोई में दाख़िल हुआ तो विक्तोरिया गुज़मान ने चूल्हे पर खरगोश का शोरबा चढ़ाया हुआ था। वह तुरन्त समझ गई। "उसका कलेजा मुँह को आ गया था," विक्तोरिया गुज़मान ने मुझे बताया। क्रिस्तो बेदोया ने जब उससे पूछा कि सान्तियागो नासार घर पर है तो भोलेपन का ढोंग करते हुए उसने कहा कि वह अभी तक सोने के लिए नहीं आया था।

"बहुत संगीन मसला है," क्रिस्तो बेदोया ने कहा। "वे लोग उसे मारने के लिए ढूँढ़ रहे हैं।"

विक्तोरिया गुज़मान की मासूमियत गुम हो गई।

"वे बेचारे लड़के किसी को नहीं मारेंगे," उसने कहा।

"शनिवार से दारू पी रहे हैं," क्रिस्तो बेदोया ने कहा।

"वही तो," उसने जवाब दिया। "दुनिया का कोई शराबी अपनी टट्टी नहीं खाता।"

क्रिस्तो बेदोया वापस लिविंग रूम में गया, जहाँ दिवीना फ्लोर ने खिड़कियाँ खोल दी थीं। "बारिश तो नहीं हो रही थी," क्रिस्तो बेदोया ने मुझे बताया। "सात बजने को थे और खिड़कियों से धूप छनकर आ रही थी।" उसने एक बार फिर दिवीना फ्लोर से पूछा, "क्या उसे पूरा यक़ीन है कि सान्तियागो नासार लिविंग रूम के दरवाज़े से अन्दर नहीं आया।" इस बार उसका विश्वास उतना पक्का नहीं था जितना पहली बार था। क्रिस्तो बेदोया ने उससे प्लासीदा लिनेरो के बारे में पूछा और दिवीना फ्लोर ने कहा कि बस एक पल पहले वह उनके बिस्तर के बग़ल में रखी मेज़ पर कॉफ़ी रखकर आई थी लेकिन उसने उन्हें जगाया नहीं था। हमेशा ऐसा ही होता था—वह सात बजे उठतीं, कॉफ़ी पीतीं, और फिर नीचे आकर दोपहर के खाने के निर्देश देतीं। क्रिस्तो बेदोया ने घड़ी की तरफ़ देखा। छह बजकर चौवन मिनट हुए थे। फिर वह दूसरी मंज़िल तक गया ताकि सुनिश्चित कर ले कि सान्तियागो नासार अन्दर तो नहीं आया है।

कमरा अन्दर से बन्द था क्योंकि सान्तियागो नासार अपनी माँ के कमरे से बाहर गया था। क्रिस्तो बेदोया के लिए यह घर अपने घर जितना जाना-पहचाना था; वह परिवार को इतने क़रीब से जानता था कि उसने प्लासीदा लिनेरो के कमरे का दरवाज़ा खोला और वहाँ से बग़ल वाले कमरे में गया। रोशनदान से मटमैली रोशनी की किरणें अन्दर आ रही थीं और खाट पर करवट के बल एक ख़ूबसूरत महिला सोई हुई थी, जिसका गाल पर रखा बायाँ हाथ मायावी लग रहा था। "एकदम अलौकिक था," क्रिस्तो बेदोया ने मुझसे कहा। पल-भर के लिए उसने उस महिला को निहारा, उसकी सुन्दरता से मंत्रमुग्ध हो वह चुपचाप कमरे ने निकलकर बाथरूम से गुज़रते हुए सान्तियागो नासार के कमरे में दाख़िल हुआ। बिस्तर अभी भी

बना हुआ था, और कुर्सी पर अच्छे से इस्तरी किये उसके घुड़सवारी के कपड़े रखे थे और उनके ऊपर घुड़सवारी की टोपी और ज़मीन पर जूतों के बग़ल में महमेज़ रखे थे। बिस्तर के बग़ल में रखी मेज़ पर सान्तियागो नासार की घड़ी छह बजकर अट्ठावन मिनट दिखा रही थी। "अचानक मुझे ख़याल आया कि वह वापस आया होगा ताकि रिवॉल्वर ले जा सके," क्रिस्तो बेदोया ने मुझे बताया। लेकिन उसे मैग्नम रिवॉल्वर वहीं दराज़ में मिली। "मैंने कभी बन्दूक़ नहीं चलाई थी," क्रिस्तो बेदोया ने मुझे बताया, "लेकिन मैंने सोचा कि सान्तियागो नासार के लिए ले चलता हूँ।" उसने रिवॉल्वर कमीज़ के नीचे, अपनी पैंट में खोसा। लेकिन अपराध होने के बाद उसे अहसास हुआ कि रिवॉल्वर में गोलियाँ नहीं थीं। वह दराज बन्द कर ही रहा था कि कॉफ़ी लिये प्लासीदा लिनेरो दरवाज़े पर प्रकट हो गई।

"हे भगवान!" उसने कहा। "तुमने तो मुझे डरा ही दिया!"

क्रिस्तो बेदोया भी चौंक गया। उसने प्लासीदा लिनेरो को पूरी रोशनी में देखा, सुनहरे पक्षियों वाले गाउन में, बाल खुले थे पर चेहरे से रौनक़ गायब थी। थोड़ा अन्यमनस्क हो वह बोला कि सान्तियागो नासार को ढूँढ़ रहा हूँ।

"वह तो चला गया, बिशप का स्वागत करने," प्लासीदा लिनेरो ने कहा।

"ओह, मैं उसे पकड़ नहीं पाया," क्रिस्तो बेदोया ने कहा।

"ऐसा ही लगता है," प्लासीदा लिनेरो ने कहा। "मेरी ग़लती है, जो वह इतना बिगड़ गया है।"

उसने आगे कुछ नहीं कहा; क्योंकि उसे अहसास हुआ कि क्रिस्तो बेदोया को समझ नहीं आ रहा था कि कहाँ खड़ा हो। "उम्मीद है भगवान ने मुझे माफ़ कर दिया होगा," प्लासीदा लिनेरो ने मुझसे कहा, "लेकिन वह इतना हैरान-परेशान लग रहा था कि मुझे लगा कि वह चोरी करने

आया है।" उसने क्रिस्तो बेदोया से पूछा कि माजरा क्या है। क्रिस्तो बेदोया को अहसास था कि वह एक अजीबोग़रीब स्थिति में फँस गया है लेकिन सच बोलने की उसकी हिम्मत नहीं हुई।

"दरअसल, मैं एक मिनट भी सोया नहीं हूँ न," उसने प्लासीदा लिनेरो से कहा।

बिना कोई और सफ़ाई दिये वह वहाँ से चला गया। "वैसे भी," उसने मुझसे कहा, "उन्हें हमेशा ही लगता था कि उनके घर चोरी हो रही है।" चौक में उसे विफल मिस्सा के पूजा परिधान लिये चर्च लौटते फ़ादर अमादोर मिले, लेकिन उसे लगा सान्तियागो नासार की आत्मा की प्रार्थना करने के अलावा वह कोई मदद नहीं कर सकते थे। वह दोबारा डॉक की तरफ़ जा रहा था जब क्लोतील्द आर्मेन्ता की दुकान से किसी ने उसे पुकारा। दरवाज़े पर पेद्रो विकारियो था, रंग उड़ा हुआ, थका हुआ, कमीज़ खुली, आस्तीन कोहनी तक मुड़ी हुईं और हाथ में छुरा। उसके हाव-भाव में इतनी अकड़ थी कि साफ़ लग रहा था वह सहज नहीं है लेकिन पिछले कुछ पलों में उसने कई बार यह रवैया अपनाया था ताकि कोई उसे यह क़त्ल करने से रोक ले।

"क्रिस्तोबाल," वह चिल्लाया, "सान्तियागो नासार से कहना कि हम उसे मारने के लिए यहाँ उसका इन्तज़ार कर रहे हैं।"

क्रिस्तो बेदोया उसे रोकने का एहसान कर सकता था। "अगर मुझे रिवॉल्वर चलानी आती तो आज सान्तियागो नासार ज़िन्दा होता," उसने मुझे बताया। उसने जो कुछ लोगों से सुना था उस आधार पर उसे प्रबलित गोलियों की घातक शक्ति के बारे में अन्दाज़ा था।

"सँभलकर रहना। उसके पास मैग्नम रिवॉल्वर है जो बहुत ख़तरनाक है," क्रिस्तो बेदोया ने चिल्लाकर कहा।

पेद्रो विकारियो जानता था कि वह झूठ बोल रहा था। "वह रिवॉल्वर

सिर्फ़ तब रखता है जब वह घुड़सवारी के कपड़े पहनता है," उसने मुझसे कहा। जब उसने अपनी बहन की इज़्ज़त का बदला लेने के बारे में सोचा था तब ही उसने इस सम्भावना पर विचार कर लिया था।

"मरे हुए आदमी रिवॉल्वर नहीं चलाते," वह चिल्लाया।

फिर पाब्लो विकारियो दरवाज़े पर आ पहुँचा। वह भी अपने भाई की तरह थका-हारा लग रहा था और उसने शादी वाला कोट पहने हुए था तथा उसके हाथ में अख़बार में लिपटा छुरा था। "यही वजह थी," उसने मुझसे कहा, "जो मैं जान पाया था कि वह कौन-सा भाई था।" पाब्लो विकारियो के पीछे क्लोतील्द आर्मेन्ता आ खड़ी हुई और चिल्लाकर क्रिस्तो बेदोया से जल्दी करने को कहा क्योंकि नामर्दों के उस शहर में केवल उस जैसा मर्द ही इस त्रासदी को होने से रोक सकता था।

उसके बाद जो कुछ हुआ सबको पता है। अपराध होता देखने के लिए डॉक से लौट रहे लोग शोर से सचेत होकर चौक में खड़े होने लगे। क्रिस्तो बेदोया ने कई लोगों से पूछा कि क्या उन्होंने सान्तियागो नासार को देखा है? लेकिन किसी ने उसे नहीं देखा था। क्लब के दरवाज़े पर उसे कर्नल लासारो अपोन्ते मिले जिनको उसने क्लोतील्द आर्मेन्ता की दुकान के सामने जो कुछ हुआ सब बता दिया।

"हो ही नहीं सकता," कर्नल लासारो अपोन्ते ने कहा, "क्योंकि मैंने उन्हें घर जाकर सोने के लिए कहा था।"

"मैंने अभी उन्हें सूअर जिबह करने वाले छुरों के साथ देखा है," क्रिस्तो बेदोया ने कहा।

"नहीं हो सकता; क्योंकि मैंने उन्हें घर भेजने से पहले उनके छुरे ले लिये थे," मेयर ने कहा। "तुमने उन्हें उससे पहले देखा होगा।"

"मैंने उन्हें दो मिनट पहले देखा है और दोनों के पास सूअर काटने वाले छुरे थे," क्रिस्तो बेदोया ने कहा।

"धत्त तेरे की," मेयर ने कहा। "वह दूसरे छुरे ले आए होंगे।"

उन्होंने तुरन्त मामला सुलझाने का वादा किया था लेकिन उस रात वह डोमिनो खेलने के लिए समय तय करने चले गए और जब तक वह वापस लौटे तब तक हत्या हो चुकी थी। क्रिस्तो बेदोया से एक जानलेवा ग़लती हुई थी—उसने सोचा कि सान्तियागो नासार ने बिना कपड़े बदले हमारे घर जाकर नाश्ता करने का फ़ैसला कर लिया है और वह उसे ढूँढ़ने वहाँ गया। वह नदी किनारे भागते हुआ गया और राह में मिलने वाले हर आदमी से पूछता गया कि क्या उन्होंने सान्तियागो नासार को देखा है, लेकिन किसी ने नहीं देखा था। वह ज़्यादा चिन्तित नहीं था; क्योंकि उसके घर जाने के दूसरे रास्ते भी थे। पहाड़ी पर रहने वाली प्रोस्परा आरांगों ने उससे मिन्नत की कि उसके पिता की मदद करे जो अपने घर के चबूतरे पर मौत की बाँहों में झूल रहे थे, बिशप के क्षणिक आशीर्वाद से अप्रभावित। "मैंने उसे वहाँ से निकलते हुए देखा था," मेरी बहन मारगोत ने मुझे बताया, "उसके चेहरे पर मातम छाया हुआ था।" उस बीमार आदमी की हालत देखने के लिए क्रिस्तो बेदोया ने चार मिनट लगाए और लौटते वक़्त दवाई लाने का वादा किया लेकिन प्रोस्परा आरांगों की मदद करने के लिए वह बीमार आदमी को बाहर लाया और इस दौरान उसने तीन मिनट और गँवा दिये। जब वह बाहर निकला तो चीख़ने-चिल्लाने की आवाज़ें आ रही थीं; उसे लगा कि चौक में रॉकेट छोड़ा जा रहा है। उसने दौड़ने की कोशिश की लेकिन पैंट में खोसी रिवॉल्वर की वजह से वह भाग नहीं पा रहा था। जैसे ही वह आख़िरी मोड़ पर पहुँचा उसने मेरी माँ को पीछे से पहचान लिया जो अपने सबसे छोटे बेटे को साथ में घसीटते हुए चली जा रही थीं।

"लुईसा सान्तियागा," वह चिल्लाया, "आपका धर्म-पुत्र कहाँ है?"

मेरी माँ बमुश्किल पलटीं, उनके आँसू बह रहे थे।

"बेटा," उन्होंने जवाब दिया, "कह रहे हैं कि उसका क़त्ल हो गया है।"

और बस। जब क्रिस्तो बेदोया उसे ढूँढ़ रहा था सान्तियागो नासार अपनी मंगेतर फ्लोरा मिगेल के घर चला गया था। जहाँ आख़िरी बार उसे देखा गया था, थोड़ी दूर कोने पर ही उसका घर था। "मुझे ख़याल भी नहीं आया कि वह वहाँ होगा," क्रिस्तो बेदोया ने मुझे बताया। "क्योंकि वे लोग तो दोपहर बारह बजे से पहले उठते ही नहीं थे।" आम तौर पर यह माना जाता था कि बिरादरी के बुज़ुर्ग नाहिर मिगेल के आदेश पर परिवार के सदस्य बारह बजे तक सोते थे। "इसलिए अब वह पहले वैसी जवान नहीं थी, फिर भी यही कारण था कि फ्लोरा मिगेल गुलाब सरीखी दिखती थी," मरसेदेस ने कहा। सच तो यह था कि कई सारे लोगों की तरह वे देर तक घर बन्द रखते थे लेकिन वे जल्दी उठने वाले मेहनती लोग थे। सान्तियागो नासार और फ्लोरा मिगेल के माता-पिता ने तय किया था कि उनकी शादी होगी। किशोरावस्था में सान्तियागो नासार ने सगाई मंज़ूर कर ली थी क्योंकि शायद उसके लिए भी अपने पिता की तरह शादी महज़ एक व्यावहारिक प्रतिबद्धता थी। फ्लोरा मिगेल देखने में सुन्दर और कोमल थी हालाँकि दिमाग़ से थोड़ी कमज़ोर थी और कई शादियाँ देख चुकी थी। इसलिए उसके लिए भी यह रिश्ता आसमानी था जैसे फ़रिश्तों ने भेजा हो। उनकी सगाई बहुत सामान्य थी, जिसमें न मिलने की बेसब्री थी और ना प्यार की बेक़रारी। कई बार टाली जा चुकी शादी आख़िरकार आने वाले क्रिसमस के लिए तय हुई थी।

उस सोमवार फ्लोरा मिगेल बिशप की नाव की पहली सीटी के साथ उठी थी और कुछ ही देर में उसे पता लगा था कि विकारियो बन्धु सान्तियागो नासार को मारने के लिए इन्तज़ार कर रहे हैं। उसने मेरी नन बनी बहन को बताया, एक वही थी जिससे उसने इस हादसे के बाद बात

की थी, जबकि उसे तो याद भी नहीं था कि उसे किसने बताया था? "मुझे सिर्फ़ इतना मालूम है कि सुबह छह बजे तक सबको मालूम हो चुका था।" लेकिन उसको इस बात का यक़ीन नहीं था कि वे सान्तियागो नासार का क़त्ल कर देंगे, उसे यही लगा था कि वे सान्तियागो नासार की शादी आंखेला विकारियो से ज़बर्दस्ती करवा देंगे ताकि उसकी इज़्ज़त वापिस दिलाई जा सके। वह अपमान और बेइज़्ज़ती की आग में जल रही थी। जब आधा गाँव बिशप का इन्तज़ार कर रहा था, वह कमरे में ग़ुस्से से रो रही थी और सन्दूक़ची में वे चिट्ठियाँ सहेजकर लगा रही थी, जो सान्तियागो नासार ने स्कूल के समय उसे लिखी थीं।

जब भी वह फ्लोरा मिगेल के घर के सामने से गुज़रता, चाहे कोई घर पर नहीं भी हो तब भी सान्तियागो नासार खिड़की पर अपनी चाबी रगड़ता हुआ जाता था। उस सोमवार फ्लोरा मिगेल चिट्ठियों की सन्दूक़ची गोद में रखकर सान्तियागो नासार का इन्तज़ार कर रही थी। सान्तियागो नासार को वह बाहर से नज़र नहीं आ रही थी लेकिन इससे पहले कि वह चाबी रगड़ता, फ्लोरा मिगेल ने उसे आते हुए देख लिया था।

"अन्दर आ जाओ," फ्लोरा मिगेल ने उससे कहा।

उस घर में सुबह पौने सात बजे तक कोई नहीं आया था, डॉक्टर भी नहीं। सान्तियागो नासार ने क्रिस्तो बेदोया को अभी-अभी यामिल शैयूम की दुकान पर छोड़ा था और चौक पर इतने सारे लोग उस पर ताक जमाए थे कि मानना मुश्किल है कि किसी ने उसे अपनी मंगेतर के घर जाते नहीं देखा। जाँचकर्ता मजिस्ट्रेट ने एक ऐसे आदमी को खोजने की बहुत कोशिश की जिसने देखा हो। उसने लगभग उतनी ही कोशिश की जितनी कि मैंने, लेकिन उसे कोई नहीं मिला। रिपोर्ट के पेज नम्बर 382 के किनारे पर उसने लाल स्याही से लिखा—*भाग्यवशता हमें अदृश्य बना देती है।* सच तो यह है कि सान्तियागो नासार सामने के दरवाज़े से अन्दर

गया था, सबकी नज़रों के सामने और छिपने की कोई भी कोशिश किये बिना। फ्लोरा मिगेल बैठक में उसका इन्तज़ार कर रही थी, ग़ुस्से से लाल, बदनसीब झालर वाली ड्रेस में जो वह यादगार मौक़ों पर अक्सर पहनती थी और उसने सन्दूक़ची सान्तियागो नासार के हाथों में थमा दी।

"यह लो," उसने कहा। "और मैं मना रही हूँ कि वे तुम्हें मार दें।"

सान्तियागो नासार इतना भौंचक्का रह गया कि सन्दूक़ची उसके हाथ से गिर गई और उसके प्रेमहीन ख़त ज़मीन पर बिखर गए। उसने फ्लोरा मिगेल को कमरे में पकड़ने की कोशिश की लेकिन उसने दरवाज़ा बन्द कर लिया और कुंडी लगा ली। सान्तियागो नासार ने कई बार दरवाज़ा खटखटाया तथा सुबह के उस पहर के हिसाब से उसने काफ़ी तेज़ आवाज़ में उसे पुकारा जिससे कि पूरा परिवार घबराकर वहाँ पहुँच गया। ख़ून के और शादी के रिश्तेदारों की गिनती करो तो बड़े और बच्चे मिलाकर वहाँ चौदह से ज़्यादा लोग थे। सबसे आख़िर में नाहिर मिगेल आया, लड़की का पिता, लाल दाढ़ी और बद्दन कफ्तान में, जो वह अपने देश से लाया था और घर पर हमेशा पहनता था। मैंने उसे कई बार देखा था। वह लम्बा-चौड़ा था और उसमें ठहराव था। लेकिन मुझे सबसे ज़्यादा उसके रुतबे ने प्रभावित किया था।

"फ्लोरा," उसने अपनी भाषा में पुकारा। "दरवाज़ा खोलो।"

वह अपनी बेटी के कमरे में गया। पूरा परिवार खड़ा होकर सान्तियागो नासार को घूर रहा था। वह बैठक में घुटनों के बल बैठकर चिट्ठियों को सन्दूक़ची में समेट रहा था। "ऐसा लगा जैसे वह प्रायश्चित्त कर रहा हो" उन्होंने मुझे बताया। नाहिर मिगेल कुछ ही पलों में अपनी बेटी के कमरे से निकला, हाथ से एक इशारा किया और परिवार के सभी लोग गायब हो गए।

वह सान्तियागो नासार से अरबी में बात करता रहा। "एक ही क्षण में मैं समझ गया था कि उसे कोई अन्दाज़ा नहीं था कि मैं क्या कह रहा

था," उसने मुझे बताया। फिर उसने सान्तियागो नासार से सीधे पूछा क्या उसे मालूम है कि विकारियो बन्धु उसे मारने के लिए ढूँढ़ रहे हैं? "यह सुनते ही उसके चेहरे की रंगत उड़ गई, वह इतना बदहवास लग रहा था कि उसे नाटक समझना ग़लत होगा," उसने मुझसे कहा। उसने माना कि सान्तियागो नासार डर से नहीं बौखलाया था, बल्कि समझ ही नहीं पाया था कि हो क्या रहा है।

"केवल तुम जानते हो वे सही कर रहे हैं या नहीं," नाहिर मिगेल ने सान्तियागो नासार से कहा। "लेकिन जो भी हो तुम्हारे पास दो ही रास्ते हैं—या तो तुम यहाँ छुप जाओ, इस घर में, जो तुम्हारा ही है, या फिर मेरी राइफ़ल लेकर बाहर जाओ।"

"मेरी समझ में कुछ भी नहीं आ रहा," सान्तियागो नासार ने कहा।

वह बस इतना ही कह पाया। उसने यह बात स्पैनिश में कही थी। "भीगी हुई चिड़िया-सा लग रहा था वह," नाहिर मिगेल ने मुझे बताया। उसे सान्तियागो नासार के हाथ से सन्दूक़ची लेनी पड़ी क्योंकि वह समझ नहीं पा रहा था कि दरवाज़ा खोलने के लिए उसे कहाँ रखे।

"दो के मुक़ाबले में तुम एक होगे," उसने सान्तियागो नासार से कहा।

सान्तियागो नासार चला गया। लोग चौक पर जमे हुए थे, जैसे परेड देखने के लिए होते थे। उन्होंने उसे बाहर आते हुए देखा और सब जान गए कि उसे मालूम हो गया है कि अब उसका क़त्ल होगा। वह इतना कन्फ़्यूज हो गया था कि घर का रास्ता नहीं खोज पा रहा था। कहते हैं कि कोई बालकनी से चिल्लाया था, "उधर से नहीं, ओ तुर्की; पुराने डॉक से जा।" सान्तियागो नासार ने उस आवाज़ को ढूँढ़ने की कोशिश की। यामिल शैयूम ने आवाज़ दी कि दुकान में जाए और ख़ुद वह अपनी शिकार करने वाली राइफ़ल लेने गया लेकिन उसे याद ही नहीं आ रहा था कि गोलियाँ कहाँ रखी हैं। सब तरफ़ से लोग चिल्लाने लगे और एक

साथ आती इतनी सारी आवाज़ों से चकराकर सान्तियागो नासार कई बार आगे-पीछे गया। ज़ाहिर था कि वह अपने घर की तरफ़ जा रहा था और रसोई के दरवाज़े से अन्दर जाने वाला था, लेकिन शायद अचानक उसे ख़याल आया कि सामने का दरवाज़ा खुला है।

"वो रहा," पेद्रो विकारियो ने कहा।

दोनों भाइयों ने उसे एक साथ देखा था। पाब्लो विकारियो ने अपना कोट उतारा, उसे बेंच पर रखा और छुरे को अख़बार से निकाला और खुखरी की तरह पकड़ लिया। दुकान से निकलने से पहले, बिना पहले से तय किये, उन्होंने क्रूस का चिन्ह बनाया। फिर क्लोतील्द आर्मेन्ता ने पेद्रो विकारियो को कमीज़ से पकड़ लिया और चिल्लाकर सान्तियागो नासार से भागने के लिए कहा क्योंकि वे लोग उसे मारने वाले थे। उसकी आवाज़ में इतना आग्रह था कि दूसरी आवाज़ें दब गईं। "पहले तो वह चौंका," क्लोतील्द आर्मेन्ता ने मुझे बताया, "क्योंकि उसे समझ नहीं आ रहा था कि बोल कौन रहा है और कहाँ से।" लेकिन जब सान्तियागो नासार ने उसे देखा तो पाया कि पेद्रो विकारियो क्लोतील्द आर्मेन्ता को ज़मीन पर धकेलता हुआ अपने भाई के पास जा पहुँचा है। सान्तियागो नासार उस समय अपने घर से पाँच सौ गज़ दूर था और वह सामने वाले दरवाज़े की तरफ़ लपका।

पाँच मिनट पहले, रसोई में, विक्तोरिया गुज़मान ने प्लासीदा लिनेरो को वो बताया जो सबको पता था। प्लासीदा लिनेरो कमज़ोर नहीं थी, मज़बूत थी और उसने अपनी चिन्ता ज़ाहिर नहीं होने दी। उसने विक्तोरिया गुज़मान से पूछा क्या उसने उसके बेटे से इस बात का ज़िक्र किया था और विक्तोरिया गुज़मान ने ईमानदारी से झूठ बोला कि जब वह कॉफ़ी पीने आया था तब उसे इस बारे में कुछ पता नहीं था। बैठक में अभी भी पोंछा लगा रही दिवीना फ्लोर ने उसी समय सान्तियागो नासार को चौक

से घर के अन्दर आते और सीढ़ियों से अपने कमरे में जाते देखा। "बहुत साफ़ थी वह छवि," दिवीना फ्लोर ने मुझको बताया। "उसने अपना सफ़ेद सूट पहना हुआ था और उसके हाथ में कुछ था जो मैं ठीक से देख नहीं पाई, शायद गुलाब के फूलों का गुलदस्ता था।" इसलिए जब प्लासीदा लिनेरो ने अपने बेटे के बारे में पूछा तो दिवीना फ्लोर ने उसे शान्त किया।

"एक मिनट पहले ही तो वह अपने कमरे में गया," उसने कहा।

प्लासीदा लिनेरो ने ज़मीन पर काग़ज़ देखा लेकिन उठाया नहीं और उस ख़त में क्या लिखा था यह उसे बाद में तब पता चला जब त्रासदी के शोरगुल में किसी ने उसे ख़त दिखाया। दरवाज़े से उसने विकारियो बन्धुओं को छुरे लेकर घर की तरफ़ दौड़ते देखा था। वह जहाँ खड़ी थी उसे दोनों भाई तो दिख रहे थे लेकिन अपना बेटा नहीं, जो दूसरी ओर से दरवाज़े की तरफ़ बढ़ रहा था। वह दरवाज़े की तरफ़ दौड़ी और दरवाज़ा बन्द कर दिया। वह कुंडी लगा रही थी जब उसे सान्तियागो नासार की चिल्लाने की और दरवाज़ा पीटने की आवाज़ सुनाई दी। उसके विचार से सान्तियागो नासार तो ऊपर था और बालकनी से विकारियो बन्धुओं पर चिल्ला रहा था। वह उसकी मदद करने ऊपर गई।

सान्तियागो नासार घर के अन्दर दाख़िल होने से मात्र कुछ सेकेंड ही दूर था जब दरवाज़ा बन्द हो गया। उसने कई बार मुट्ठी से दरवाज़ा पीटा और फिर निहत्था अपने दुश्मनों का सामना करने के लिए मुड़ा। "जब मैंने उसे सामने देखा तो मैं डर गया," पाब्लो विकारियो ने मुझे बताया, "क्योंकि वह क़द-काठी में दोगुना लग रहा था।" सान्तियागो नासार ने पेद्रो विकारियो के पहले वार से बचने के लिए हाथ उठाया जिसने सीधे छुरे से दाहिनी तरफ़ से वार किया था।

"कमीनो!" वह चिल्लाया।

छुरा उसकी हथेली से होकर बग़ल में धँस गया। सबने उसे दर्द से चीख़ते हुए सुना।

"ओ माँ!"

पेद्रो विकारियो ने अपने कसाई वाले मज़बूत हाथ से छुरा बाहर खींचा और उसी जगह दोबारा घुसेड़ दिया। "अजीब बात तो यह है कि छुरा एकदम साफ़ बाहर निकल आया था," पेद्रो विकारियो ने जाँचकर्ता को दिये बयान में कहा था। मैंने कम-से-कम तीन बार छुरा उसके शरीर में घुसेड़ा था लेकिन एक बूँद भी ख़ून नहीं निकला था। सान्तियागो नासार तीसरे वार के बाद पेट पर हाथ लपेटे हुए घूमा, बछड़े की तरह मिमियाया और विकारियो बन्धुओं की तरफ़ पीठ करने की कोशिश की। उसकी बाईं तरफ़ खड़े पाब्लो विकारियो ने उसकी पीठ पर इकलौता वार किया जिसके बाद ख़ून की तेज़ धार से उसकी कमीज़ भीग गई। "सान्तियागो नासार की गंध थी उस ख़ून में," उसने मुझसे कहा। तीन जानलेवा वार के बाद सान्तियागो नासार सामने को मुड़ा और बिना किसी तरह का प्रतिरोध किये अपनी माँ के दरवाज़े का सहारा लेकर खड़ा हो गया मानो उनकी सहायता कर रहा हो कि वे बराबरी से उसकी जान ले लें। "वह दोबारा चीख़ा नहीं," पेद्रो विकारियो ने जाँचकर्ता से कहा था। "बल्कि उलटा मुझे तो लग रहा था कि वह हँस रहा है।" उसके बाद डर के उस पार चकाचौंध तरलता में डूबते-उतराते दोनों भाई उसे बारी-बारी से दरवाज़े के सामने छुरा घोंपते रहे। अपने ही अपराध से भयभीत शहर की चीख़ें उन्हें सुनाई नहीं दे रही थीं। "मुझे ऐसा लगा जैसे घुड़सवारी के समय लगता है," पाब्लो विकारियो ने कहा। अचानक दोनों को वास्तविकता का अहसास हुआ, क्योंकि दोनों थककर चूर हो गए थे और उन्हें लगने लगा था कि सान्तियागो नासार कभी मरेगा ही नहीं। "पता है भाई," पाब्लो विकारियो ने मुझसे कहा, "तुम सोच भी नहीं सकते कि एक आदमी की जान लेना कितना मुश्किल होता

है!" हमेशा के लिए ख़त्म करने के लिए पेद्रो विकारियो ने उसके दिल में छुरा घोंपने की कोशिश की लेकिन वह काँख में ही घोप पाया जहाँ सूअर का दिल होता है। असल में, सान्तियागो नासार इसलिए नहीं गिर रहा था क्योंकि दोनों छुरों से किये गए वार उसे दरवाज़े से टिकाए हुए थे। त्रस्त होकर पाब्लो विकारियो ने उसकी पेट पर एक ओर से दूसरी ओर छुरा चला दिया और उसकी अँतड़ियाँ बाहर निकल आईं। पेद्रो विकारियो भी वही करने वाला था लेकिन डर से उसकी कलाई मुड़ गई और वार जाँघ पर जा लगा। पल-भर के लिए सान्तियागो नासार दरवाज़े से टेक लेकर स्थिर खड़ा रहा और फिर साफ़ धूप में उसकी नज़र अपनी अँतड़ियों पर पड़ी तथा वह घुटनों पर गिर गया।

उसको कमरे में ढूँढ़ने और दूसरे लोगों की चीख़ें सुनने के बाद प्लासीदा लिनेरो चौक की तरफ़ वाली खिड़की की तरफ़ लपकी और उसने विकारियो बन्धुओं को चर्च की तरफ़ भागते देखा। यामिल शैयूम अपनी राइफ़ल लिये उनके पीछे भाग रहा था और साथ में कुछ निहत्थे अरबी भी। प्लासीदा लिनेरो को लगा कि ख़तरा टल गया है। फिर वह बालकनी में गई और नीचे दरवाज़े के सामने धूल में औंधे मुँह गिरे, अपने ही ख़ून से लथपथ उठने की कोशिश कर रहे सान्तियागो नासार को देखा। एक तरफ़ झुकते हुए वह खड़ा हुआ और अपने हाथों में अपनी लटकी हुई अँतड़ियों को पकड़कर अवचेतन अवस्था में चलना शुरू किया।

वह बमुश्किल सौ गज़ से थोड़ा ही ज़्यादा चला होगा कि घर का पूरा चक्कर काटकर रसोई के दरवाज़े से अन्दर दाख़िल हुआ। अब भी उसे इतना होश था कि सड़क से न जाकर, जो सबसे लम्बा रास्ता था, वह पड़ोस के घर से अन्दर दाख़िल हुआ। पोनचो लानाओ, उसकी पत्नी और पाँच बच्चों को पता ही नहीं था कि उनके घर से बीस क़दम दूर क्या हुआ था। "हमने चीख़ने चिल्लाने की आवाज़ें सुनी थीं," उसकी

पत्नी ने मुझसे कहा, "लेकिन हमें लगा कि आवाज़ें बिशप के कार्यक्रम से आ रही हैं।" वह नाश्ता करने बैठे ही थे कि उन्होंने सान्तियागो नासार को अन्दर आते देखा, ख़ून से लथपथ, हाथों में अपनी अँतड़ियाँ लिये। पोनचो लानाओ ने मुझे बताया, "जो मैं कभी नहीं भूल सकता वो है टट्टी की बदबू।" लेकिन उसकी बड़ी बेटी आरखेनीदा लानाओ ने कहा कि सान्तियागो नासार सोच-समझकर क़दम रखते हुए पूरे आत्मविश्वास के साथ चल रहा था और उसका अरबी चेहरा और घुँघराले बाल पहले से कहीं ज़्यादा सुन्दर मालूम पड़ रहे थे। मेज़ से गुज़रते हुए वह उन लोगों की तरफ़ देखकर मुस्कराया भी था और कमरों से होता हुआ पीछे के दरवाज़े की तरफ़ बढ़ गया था। "हम लोग ख़ौफ़ से जम गए थे," आरखेनीदा लानाओ ने मुझे बताया। मेरी बुआ वेनेफ्रीदा मार्केस नदी की दूसरी तरफ़ मछली साफ़ कर रही थीं जब उन्होंने सान्तियागो नासार को पुराने डॉक की सीढ़ियों से उतरकर घर का रास्ता ढूँढ़ते हुए देखा था।

"सान्तियागो, मेरे बच्चे," उन्होंने चिल्लाकर कहा, "क्या हो गया है तुम्हें?"

"उन्होंने मेरा क़त्ल कर दिया है, प्यारी वेने," उसने कहा।

वह आख़िरी सीढ़ी पर लड़खड़ाया लेकिन फ़ौरन सँभल गया। बुआ ने मुझे बताया कि "उसने अँतड़ियों पर लगी धूल भी झाड़ी," और फिर वह पीछे के दरवाज़े से घर में दाख़िल हुआ, जो सुबह के छह बजे से खुला था और मुँह के बल रसोई में गिर गया।